青二才の意地

北町影同心 10

沖田正午

時代小説

二見時代小説文庫

目次

青二才の意地——北町影同心10

青二才の意地――北町影同心10・主な登場人物

音乃《おとの》……北町奉行所同心巽《たつみ》真之介《しんのすけ》の未亡人。義父と共に影同心として事件に挑む。

榊原主計頭忠之《さかきばらかずえのかみただゆき》……北町奉行。音乃と義父の丈一郎を直轄の影同心とし、密命を下す。

天野又十郎《あまのまたじゅうろう》……目付。榊原忠之、大目付井上利泰の盟友で音乃たち影同心の心強い味方。

山内甲太夫《やまうちこうだゆう》……作事奉行配下の大工頭。目付、天野又十郎の義弟。

山内冬馬《やまうちとうま》……天野又十郎の甥。甲太夫の息子。七狼隊なる徒党に加わり悪事を働く。

大平彦四郎《おおひらひこしろう》……作事奉行、大平彦左衛門の十八歳になる四男。七狼隊の頭目。

伊ノ吉《いのきち》……音乃の周りにたびたび現れる謎の遊び人。

長八《ちょうはち》……元は真之介配下。その後は高井という同心の手先となって働く岡っ引き。

井筒小五郎《いづつこごろう》……天野又十郎の配下の徒目付《かち》。

小松力也《こまつりきや》……瓦奉行、小松九十郎《くじゅうろう》の三男。

古谷兆七郎《ふるやちょうしちろう》……作事奉行、古谷吟衛門《ぎんえもん》の三男。

大平光三郎《おおひらみつさぶろう》……大平彦左衛門の三男。つまらない諍いで人を殺めてしまった。

小日向定次郎《こびなたさだじろう》……古谷吟右衛門の警護役。

古谷貞九郎《ふるやさだくろう》……古谷吟右衛門の息子。小普請奉行、岡部忠相《おかべただすけ》の養子となる。

第一章　元締め殺さる

一

――権力を手に入れようとする者の、欲望は際限がない。

江戸は今、晩秋から初冬に差しかかる季節の移ろいの中にあった。
欅《けやき》の葉は赤褐色に変色し、ちらほらと小雪のように舞いはじめた時節のころ。夕方ごろから吹きはじめた木枯らしは、宵《よい》五ツ近くになっても北からの風を止《とど》めることはない。

日本橋《にほんばし》田所《たどころ》町《ちょう》に住む町人、大和屋《やまとや》茂兵衛《もへえ》は浜町《はまちょう》まで出向き、作事奉行《さくじぶぎょう》大平彦左衛門《おおひらひこざえもん》の屋敷を訪れた帰路であった。酒の振る舞いもあり、大平家の屋敷を出たときは、漆黒の闇が支配する刻限となっていた。

「うーっ、さぶ……」

酒の酔いが醒《さ》めてくれば、一際《ひときわ》寒さも身に滲みる。茂兵衛は袷《あわせ》の襟を両手でがっちりと押さえ、凍える身を守りながらいく分前屈みになって家路を急いだ。茂兵衛の目に見えるのは、ぶら提灯《ぢょうちん》で照らされた、石ころの混じる路面である。

道の両側は武家屋敷の土塀がずっとつづいている。この刻限、通りかかる人の姿はまったくない。武家地の治安を守る辻番所は、その道筋にはない。いつもなら、宵五ツを報せる鐘が鳴った四半刻《しはんとき》後に、辻番所の番人が、定時の見廻りでその道を通るはずである。

大川《おおかわ》に近い浜町から北に進み、茂兵衛が松島町《まつしまちょう》の町屋に差しかかる手前、一町《いっちょう》のところまで来たときであった。スタスタと前から聞こえてくる速足に、茂兵衛は顔を上げ、さらに提灯を差し向けた瞬間であった。「無用！」と声がしたと同時に、茂兵衛の命は飛んでいた。

それから一日経った、翌日の夕——。

北町《きたまち》奉行榊原忠之《さかきばらただゆき》からの密命を仰せつかる音乃《おとの》は、取り持ちをする筆頭与力梶村《よりきかじむら》に呼ばれ、八丁堀《はっちょうぼり》にある屋敷を訪れていた。

いつもの梶村が家に持ち帰って仕事をする書斎で、しばしの間待たされていた。この日も何ごとが起きたかと、音乃は気持ちで身構えながら、梶村が来るのを待っていた。

いつもなら、舅《しゅうと》である巽《たつみ》丈一郎《じょういちろう》も同席するのだが、風邪《かぜ》を引き、かなりの高熱でもあり、咳《せき》をしていては無理もさせられない。何を仰せつかろうと、今回は丈一郎を頼るわけにはいかなそうだ。

「待たせたな」

梶村が、襖を開けて入ってきた。

「おや、音乃一人か。丈一郎は……？」

「きのうから酷《ひど》く熱を出しまして、風邪を召して寝ております」

「そいつはいかんな。ずいぶんと寒くなってきたから、互いに体をいとわねばの。せいぜい風邪が移らんよう、用心せねばならん。それで、音乃の具合はいかがなのだ？」

「お薬もいただいておりますし、流行《はやり》の感冒《かんぼう》でないから気をつけてさえいれば大丈夫と、お医者の源心《げんしん》先生も言っておられました。お義母《かあ》さまが一所懸命看病なされてますから、すぐに治るものと思われます」

言葉にしながらも、音乃の表情には陰《かげ》りがあった。梶村からの用件を聞かなければ、落ち着かないといった様子である。

「ならばよかった。それで、きょう音乃を呼んだのはだな……」

「はい」

居ずまいを正して、音乃は梶村の話を聞き取る。

「むしろ、丈一郎がいないほうのが、音乃は動きやすいかもしれんな」

「とおっしゃられますと、わたくし独りで何かを探れと？」

「いや、このたびは事件を探るというものではなく、音乃の才覚を役立たせようと思っている」

「それで、どのようなことを……？」

梶村の、もって回ったようなもの言いを、音乃は急《せ》かした。

「うむ……」

一つうなずきを見せ、梶村が切り出す。

「音乃は『七狼隊』というのを聞いたことがあるか？」

「しちろうたいですか？　いいえ、まったくございませんが……」

「さもあろうな。ごく最近、こんな変な輩《やから》が出没しはじめたのだ。こんな字を書く」

言って梶村は、小さな紙片を音乃に差し出した。

「七匹の狼《おおかみ》の群れということで、ございましょうか？」

「まあ、そういう意味に取れるの」

「悪いことでも仕出かすような、あまりよい名とは思えませんが」

「そのとおり。まだ、実害は少ないのだが、二、三の商家から被害の訴えが、奉行所のほうに届いている。何やら七人ほどの若侍が徒党を組んで市中を跋扈《ばっこ》し、商家を脅して金を奪うは、万引きはするは、食い逃げはするは、女子《おなご》を脅すはの悪事のやりたい放題らしいのだ。まだ怪我人や死者が出ていないのが幸いなのだが、いずれはそういった事件も起きてくるであろう。取り返しのつかなくなる前に、その者たちをなんとかせねばならんと思っての」

「でしたら、お奉行所の手で……」

「それができるようなら、音乃を呼んではおらんだろうよ」

「左様でございました」

「捕まえて、鉄槌《てっつい》を食らわすのは容易《たやす》いが、相手が武家の小倅《こせがれ》たちとあっては、町奉行所ではそれができんでな。なんとも歯痒いものよ。お奉行にこの件を話したら『うってつけの者がいるではないか』と、一言あってな……」

「うってつけとは、わたくしのことで？」

「左様。このようなことに関しては、お奉行も音乃しか思いつくまい。実は、わしもそう考えていたくらいだ」

梶村が言うお奉行とは、北町奉行榊原忠之のことである。その忠之に『――江戸広といえど、これほどの女はそうはいるまい』と言わしめたほど、音乃には才覚が備わっている。それに加えて、評判の美形ときている。才と美を兼ね備え、剣術や柔術の腕も立つことから北町奉行直属の影同心《かげどうしん》として、今は地獄の番人となった夫真之介《しんのすけ》の遺志を継《つ》いでいた。そして、義父丈一郎と共に手腕を発揮し、これまで解決してきた難事件は、数多《あまた》あった。その音乃に、また新たな命令が下されようとしている。

「訴えの中にあるのだが、それらの輩というのはまだ十六、七、八の若い侍たちで、みな旗本の子息であるらしい。まあ、世に言う冷や飯食いたちが、身のやり場もなく不満に駆られ、世を拗《す》ねた上で勢い徒党を組んだのであろう。そんな漲《みなぎ》る力をよい事に使えばよいのだが、どうしても鬱憤《うっぷん》晴らしに走ってしまう。取り返しのつかぬことになる前に、なんとか穏便に始末せよと、お奉行のこたびのご下命《かめい》なのだ」

家督継承順位から遠ざかる三男、四男たちの暴走を食い止めよというのが、音乃に向けて放たれた白羽の矢であった。

「どうだ音乃、引き受けてくれるか？」

「いやと申しても、ご下命とあらば……」

「そうであったな。それでは、これを渡そう。七狼隊に因縁をつけられた、店と主人の名だ。場所も書いてある。今のところ、ここが一番被害の大きいところで、その額は一両とされている」

「えっ？」

たった一両と思ったものの、音乃はすぐにその考えを打ち消した。強奪に金額の大きさは関わりないと。

音乃が書付けを受け取ると、そこには『日本橋田所町　呉服太物《ふともの》問屋　立花屋《たちばなや》利左衛門《りざえもん》』と記されている。

「その店を訪れ、詳細を聞けばよかろう」

「こちらのほかに……どんなに被害が小さかろうがかまいません。届け出のあったお店なり、お方をあと二、三件おうかがいできればありがたいと存じます」

「そうだな……届けがあるのは、細かいもの……」

などと言いながら、梶村が持ち帰った調書《しらべが》きに目を通している。そして、草紙紙《そうしがみ》を広げると書きはじめた。

「あとは、この二軒から訴えが出ている」

音乃は、梶村の書いた書付けに目を通す。

「日本橋数寄屋町《すきやちょう》 小間物屋文珍堂《ぶんちんどう》 主人作兵衛《さくべえ》から万引き、銀座町《ぎんざちょう》二丁目蕎麦処《そばどころ》 信州屋《しんしゅうや》 主人松五郎《まつごろう》からは食い逃げの届け……」

二行に書かれているものを、音乃は小声を出して読んだ。

二

北町奉行の榊原からの下命からすれば、かなり小事の案件である。

いつもなら、どこかに大物が絡むような事件を臭わせるのだが、そういったことではなさそうだ。そんな思いがよぎり音乃は小首を傾げるも、下命《かめい》とあれば引き受けざるを得ない。

「七狼隊について、何か分かることは……？」

「いや、まったく何もない。まずは、端《はな》から音乃に携わってもらいたいと考えている」

七狼隊の実態も分からず、何もないところから音乃は手をつけなくてはならない。ただ七狼隊というだけに、七人の徒党であることは、容易に想像がつくところだ。

「七狼隊などと仰々《ぎょうぎょう》しい名をつけるが、いずれも取るに足らん馬鹿息子たちであろう。そのくらい、音乃独りでもなんとかなると思ってな」

梶村は言うが、音乃には少しばかり不可解なところがあった。

――お奉行様の言う、穏便に始末って？

音乃にとって、そこが分からないところである。

――逆に、深い意味が潜んでいそう。

そのくらいの含みがなくては、榊原忠之も音乃に任せることはしないであろう。

「もし、その七狼隊を召し捕ったとしても、いかがしたらよろしいのでしょう？」

説教をして聞き入れるような、簡単な相手ではなさそうだ。しかし、捕まえて成敗するのは、音乃の役目でない。かといって、奉行所に突き出すわけにもいかない。それができるものなら、音乃にはお鉢が回ってこない。はてとばかり、その処理に音乃は頭を捻《ひね》ることになった。相手がどこの御曹司《おんぞうし》かもしれず、おいそれとは評定所《ひょうじょうしょ》送りにもできない。

穏便に始末という意味が、なんとも中途半端な言葉の響きとなって、音乃の脳裏に刻み込まれた。

「それについては、臨機応変《りんきおうへん》という言葉しかないな。あまりにも手に負えぬようなら、それはそれで考えねばならぬ。あまり親の身分を気にしてこちらが遠慮してると、そういう奴らは、どんどんつけ上がってくるからな」

「やるとなったら、遠慮などいたしません。多少は痛い思いをしてもらわなくてはならないでしょうが、よろしいでしょうか？」

音乃の問いに、梶村の大きくうなずく仕草があった。

「怪我人や死者は、今のところ出ていない。だが、そういう輩はこの先何をしでかすか分からない。夜道で、人を襲うかもしれんしな。万が一、人でも殺《あや》めることがあったら、それこそ一大事になる」

「兎《と》にも角《かく》にも、野放しにしておいてはまずいですね。とくに武家のご子息とあらば、いつかは親御様に大迷惑をかけるようになってしまいます」

「そうなる前に、火種を消しておけというのが、お奉行の仰せだ」

「かしこまりました。あすからでも当たってみます。できましたら、源三《げんぞう》さんにお手伝いを頼むかも分かりませんが、よろしいでしょうか？」

「むろん、それはかまわぬ。ただし、例のごとくできるだけ内密に頼む。七狼隊の顔ぶれの中に、どんな大物の倅が潜んでいるかもしれんでな」

「かしこまりました」

役目を仰せつかれば、もう用なしとなる。音乃が梶村の屋敷を出ると、とっぷりと日が暮れ、あたりは闇に包まれている。暮《くれ》六ツを報せる鐘の音を聞いたのは、半刻以上も前のことであった。


梶村のところでぶら提灯を拝借し、音乃は足元を照らしながら家路を急いだ。

この日の音乃の出で立ちは、袷の小袖を市松模様の帯で留めてある。いっぷう大店《おおだな》の妻女にも見える。供をつけずの、女の夜の独り歩きは物騒である。

音乃が、亀島川《かめしまがわ》に架《か》かる橋の手前まで来たところであった。背後から数人が固まって歩く足音が音乃の耳に入った。明らかに、自分を尾け狙う気配を感じて、気を背後に送った。「……尾けてくるのは三人」と、音乃は聞こえる足音を勘定した。

そして、相手の小声を拾った。

「おい、あの女はどうだ？　冬馬《とうま》にしては手ごろだろ」

あの女はどうだという意味が、どういうことか分からぬも、音乃にしては不快な響きであった。殺しか強姦か、どちらにも取れる。獲物とする相手が若い女であれば、見境つけずに襲う不埒《ふらち》な輩と音乃は取った。

この夜の月は細く、地上を照らす明かりは少ない。夜になって寒さも増し、人通りもまったくもってない。女を襲うには、うってつけな晩なのであろう。

——もしや？

『これからは、夜道で人を襲うかもしれんしな』と、梶村も言っていた。徒党を組んで、悪さをするとも聞いた。

「……こんなに早く出くわそうとは」

音乃の脳裏に浮かんだのは、先ほど梶村と話した輩である。だが、どう数えても足音は三人しかいない。年がら年中、七人がそろって歩いているわけでもないだろう。そう思いながらも、音乃は相手を引きつけるだけ引きつけた。目がけてくるのは、音乃の持つ提灯の明かりである。

音乃は相手が醸し出す気配から、すでに力量を見抜いている。

〽今宵のお月は　三日月さまよ　ぬしの横顔思い出すではないかいな　チトンチトシャン……

口三味線《くちじゃみせん》を織り交ぜながら、鼻唄などを奏でて、音乃はあえて隙を作った。するど三人でなく、速足で一人が近づいてきた。すでに抜刀をしているも、打ちかかっては来ずに音乃の背後、一間ばかりのところで止まった。音乃が、足を止めたからだ。

「わたしに、何かご用ですか？」

振り向きもせずに、音乃が問うた。すでに、隙は体から消してある。

「おい、金を出せ。さもないと、ここで叩き斬る」

口は強請《ゆすり》だが、声が震えている。その震えが構える刀にも伝わり、カタカタと音が鳴っている。おそらく、柄《つか》の目釘《めくぎ》が弛《ゆる》んでいるからと音乃は取った。

「お金が目当てなら、女なんて襲うんじゃありません」

言って、音乃は体を反転させた。

「わたしみたいなのが、お金をもってるわけがないでしょ。狙う相手が、違うわよ」

言葉と共に、提灯の明かりを相手の顔に向けた。

「明かりを向けるな！」

一声放たれ、バサッと火袋の切れる音がすると同時に、明かりは消え、あたりは漆黒の闇となった。音乃は瞬時に、相手の顔につく特徴をとらえた。音乃は、暴漢との間合いを測ってある。すかさず一歩足を踏み出すと、正拳《せいけん》を見舞った。

ドスッと、脇腹を突いた感触が、音乃の拳《こぶし》にあった。ゲホッと曖気《あいき》を吐き、暴漢はよろめきながら逃げ出す。そして、背後で控えていた仲間と合流すると、そろって闇の中へと駆け逃げていった。

羽織袴の着姿は、武家の装束である。面相までは分からなかったが、まだ元服をしたばかりの若者に見えた。襲った若者の右側の顎《あご》に、小さな傷痕があるのを音乃は憶えた。

音乃はあとを追うこともなく、何ごともなかったように、家路にかかる亀島橋を渡った。そこから巽の家までは、一町ほどであろうか。

もしや七狼隊の仕業《しわざ》とあらば、そのような者がいたかどうかを、明日になって日本橋田所町の立花屋に行き、聞き出せばよい。だが、人に刀を向けてまで金を盗ろうとは、とても許せることではない。

――これは早いうちになんとかしないと、大変なことになるのでは?

犠牲者が出てからでは遅いと、考えているうちに家の前へと着いた。

「ただいま戻りました」

遣戸《やりど》を開けて、敷居をまたぐ。そして三和土《たたき》に立つと、奥から丈一郎の発する咳が聞こえてきた。

　――苦しそうで、辛そう。

　看病したいが、風邪を移されると明日からが辛い。ここはお気の毒に思うこととして、部屋の前を通り過ぎようとしたところで障子戸が開いた。

「お帰りなさい、音乃」

　言いながら、廊下に出てきたのは義母の律《りつ》であった。

「咳が酷《ひど》いようですけど、お義父《とう》さまのお具合は？」

「よくならないわねえ。源心先生も、少なくともあと五日は安静にしていろって」

「お義父様、お大事にしてください」

　音乃は、襖越しに声を投げた。すると、ゴホゴホと咽《むせ》る咳声が返ってきた。


　翌日は、家の用事を済ませ、昼ごろから音乃は動き出す。

　向かう先は、七狼隊から難癖をつけられ一両奪われたという、呉服太物問屋の立花屋である。被害額の大小に拘《かか》わらず、北町奉行榊原からの下命とあらば真剣に取り組まなくてはならない。

　霊巌島《れいがんじま》から日本橋田所町までは、およそ半里もあろうか。歩くと四半刻ほどかかる。

音乃は、家を出たところでふと呟《つぶや》く。

「……舟玄《ふなげん》さんに寄っていこうかしら？」

大川につながる亀島川の堤を東に一町ほどのところに、船宿『舟玄』がある。そこに、五十歳近くになった源三という船頭がいる。元は、丈一郎配下の岡っ引きであった男である。北町奉行から下される密命に、影同心の一員として、源三はなくてはならない存在であった。丈一郎が床《とこ》に伏せっている今、頼れるのは源三だけである。音乃は舟に乗りながら、事《こと》の次第を語るつもりであった。

「こんにちは、親方」

堤で川を眺めている、船宿の印《しるし》半纏《ばんてん》を着込んだ男の背中に、音乃は声をかけた。

「おや、音乃さん……」

振り向いたのは、舟玄の亭主権六《ごんろく》であった。音乃たちの仕事に、よく理解を示してくれる男である。

「源三さん、おいでになられるかしら？」

「おや、また何かございましたか？」

権六が言葉としてつっ込むのはそこまでで、深く訊いてくることはない。

「ちょっとまた、源三さんに助けてもらおうと思いまして」

「そうでしたかい。生憎《あいにく》ですが、今出ていったばかりでして。竪川《たてかわ》のほうまで行ったんで、まだ当分は帰《けえ》ってきそうもねえです」

「分かりましたわ。ごめんなさい、お仕事の邪魔をして……」

言う最中に、正午を報せる鐘の音が遠く聞こえてきた。この日だけで、書き留めてある三軒を廻ろうかと思っている。となると、歩きでは少々きつい行程となる。そんな思いもあって、音乃は舟で向かうことにした。

「そうだ、親方。どなたか船頭さんがおりましたら、東堀留川《ひがしほりどめがわ》の堀留町までお願いできますか？」

音乃に言われて、権六が桟橋に目を落とした。

「ちょうど、一郎太《いちろうた》が帰《けえ》ってきやした。奴に漕がせやしょう」

「すまないですね、親方」

「とんでもねえ。いつもありがとうって、こっちが礼を言いてえくれえで」

舟玄の舟を使うときは、むろん無料《ただ》ではない。舟代はいつもきちんと払っている。その必要経費が、榊原忠之の個人の懐《ふところ》から出ていることまでは、音乃たちは知らない。梶村を通して、受け渡しがされているからだ。北町奉行所から出ているものだと思い、音乃は遠慮せずに使っていた。

三

東堀留川の突端《とったん》で音乃は舟を下りると、一郎太を帰した。

田所町は、そこから一町ほど東に行ったところにある。その界隈で立花屋を聞き出すと、すぐに在《あ》り処《か》は知れた。

新大坂町《しんおおさかちょう》に向かう道を、さらに半町も歩くと黒塀に囲われた一軒家があった。冠《かぶ》木門《きもん》を潜《くぐ》った戸口に、忌中《きちゅう》の札が貼られている。どなたか不幸に遭ったかと思いながら、音乃は家の前を通り過ぎた。

立花屋は、新大坂町につき当たる道を右に曲がり、そこから三軒目に男物専門の呉服・太物の店を構えていた。間口八間の、界隈では大店の部類である。

「ごめんください」と言いながら、音乃は店の敷居をまたいだ。

「いらっしゃいませ。これはご新造《しんぞ》さま、旦那さまのお召し物をお探しで……？」

手代らしき男が、近づいてくるなり音乃に声をかけた。二十四歳になり、化粧も薄ければお嬢さまとは言ってこない。外出着も地味な柄《がら》の小袖が多くなり、落ち着きを見せていることもある。

「いえ、お着物を買いに来たのではございません。ご主人の利左衛門様にお会いしたくてまいりました」

「主《あるじ》ですか……？」

足の先から頭の天辺《てっぺん》まで、疑いの眼で手代は音乃を見やっている。何か、誤解をしているような目つきに見える。

「あのう、ちょっと急ぎますもので。わたくし、音乃といいまして別に怪しい者ではございませんわ」

七狼隊の件は、別に隠しだてすることもなかろうと、音乃は口にする。

「実は先だって、こちらに無頼《ぶらい》の輩が群れをなし……」

「そのことでしたら主よりも手前のほうが、よく存じております。ですが、なぜにご新造さんがそのことを？」

一見、町人とも武家とも判断できないような女が、探る事件ではない。手代の、訝《いぶか》しがるような目が向いている。音乃は、それに対しての答は用意していない。咄嗟《とっさ》にその言いわけを思い浮かべた。

「実は、わたくし……」

音乃が語りはじめようとしたところで、手代の背後に立った者がいる。

「何をしているのだね、新吉《しんきち》？」

手代の名を出したのは、五十歳前後の恰幅がよい男であった。

「旦那さま。この女の人は……」

小声となったので、音乃の耳には届いていない。すると、旦那さまと言われた男が、ニンマリと愛想笑いを浮かべて、好色そうな顔を音乃に向けた。

「手前が利左衛門だが、先だっての無頼の話を詳しく聞きたいとのことですな？」

「左様でございます。わたくし音乃と申しまして、姓を名のるのはご勘弁していただきたいのですが、もしやわたしの知っている者が、その一味の中に加わっているのではないかと。それで、そのときどんな様子だったかを、知りたくてまいりました」

今しがた、咄嗟に思いついた方便を音乃は口に出した。

「左様でしたか。でしたら、店先では商売の邪魔になる。手前の部屋で詳しい話をいたしましょうか」

主利左衛門の、自らの案内で音乃は母家《おもや》へと通される。外廊下を歩くところで、利左衛門の内儀《ないぎ》とすれ違う。

「あら、どちらさまですか？」

眉間に皺を寄せ、疑りの眼で内儀が問うた。

「ほら、先だって七人の徒党が押しかけてきただろ。その件で訊きたいことがあると、訪ねられてきたのだ。別に、おまえが思っているような怪しい女ではない」

訊ねられてもいないことを、利左衛門は内儀に言った。

「誰も、そんなことは訊いておりませんわよ」

頭を下げる音乃には挨拶もせず、つんと澄まし顔を見せて、内義は脇を通り過ぎていった。

「悋気《りんき》の強い女でしてな、ああいうのを嫁にもらうと苦労しますわ」

愚痴《ぐち》を言っているうちに、利左衛門の部屋の前に立った。

「こちらで話をいたしましょうか。障子を開け放しておきますが、よろしいかな？」

いらぬ誤解を、妻に与えぬようにとの配慮であろうか。その気の遣い方がおかしく、音乃は横を向きながらふと苦笑《にがわら》った。

「もちろんよろしいですとも。手入れをなされたお庭が、よく見えます。山茶花《さざんか》が咲く、もうそんな季節となりましたのね」

庭木の山茶花が、赤い花を咲かせている。

「なんとなく、男女の情愛を思わせるような花の色ですな」

小唄の中に、そんな情景を浮べた文句があった。

「そうですか？　わたしは山茶花を見ると、そろそろ焚火《たきび》をしたくなる、そんな季節になったとしか思い浮かびませんわ」

音乃は、昔聴いた童唄《わらべうた》の中にその歌詞を見い出している。けっこう好色そうな男を、音乃は軽くいなした。

「よろしいでしょうか？」

そこに、女中の手によって、茶が運ばれる。じろじろと音乃を嘗《ね》め回すように見る女中の様子に、内儀の探りが忍ばれていると音乃は感じ取った。

「先だって、こちらに難癖をつけにきたという徒党のことですが……」

女中に聞かせるように、音乃は話を本題に戻した。失礼いたしましたと残して、女中は下がっていった。

「徒党は七人いたらしいですが、そのときの様子を詳しくお聞かせいただけませんでしょうか？」

「ああいうのを、いちゃもんというのですな。そのうちの一人が、唐桟《とうざん》織りの襤褸《ぼろ》の着物をもってきましてね『──おととい立花屋で買ったけど、こんな汚い着物着れるか！』って大声を出し、凄むのですな。どう見たって、そんな古着は立花屋《ここ》では売ってない。よくあるゆすりたかりってやつだ。そういうのは、やくざの脅しの常套手段だと思ってたが、相手は武家の小倅のようでみな若いというより、元服を済ませたばかりの子供と見えた。だが、脅しの迫力はやはり武家の息子でしたな。七人一斉に刀を抜かれると、奉公人たちはさすが怖気《おじけ》づいた。それと、店にはお客様が数人いて、あろうことかそのお方たちにも、刀の鋒《きっさき》を向けている。奴らの要求は、やはり金でありましたな」

「おいくら出せと？」

「一両を要求してきた。しかし、お客様に刀を向けられては出さずにはなるまいと仕方なく差し出した。たった一両と申しますけど、とんでもない。手前らのような小商いでは、一両は大変な額。そんな思いもあって、御番所に届け出た次第ですな」

「よくぞ、お届けなさりました。たいした額でないと、泣き寝入りされている方もかなりいると思われます。そういう輩は放っておきますと、どんどんつけ上がり、そのうち手に負えなくなりますから」

「なんだか、お役人みたいな言い方ですな」

「いえ、お役人だなんて。ご覧のとおり、一介の御家人の娘ですわ」

「まあ、それはどうでもいいとして。そいつらは一両受け取ると『――俺たちはしちろうたいだ、覚えとけ』なんて、捨て台詞《ぜりふ》を吐いて去って行った。しちろうたいって、いったいなんのことだか分からずにいるのだが」

利左衛門は、七狼隊の意味を理解してはいなかった。仰々しい名でも、相手に意味が伝わらなかったら無駄だろうと音乃は思ったものの、放っておいたらそのうちに、江戸中にその名が知れ渡ることになる。そんなことにでもなったら、もう手遅れだ。まだ広く知られていないうちに、一日も早く七狼隊を退治するか解散させなければならない。だが、焦りは禁物だと音乃は自戒している。

「七匹の狼ってことらしいです」

「それで、七人いたってことか」

「そのようで、ございます。ところで、その七人の中にここらへんに傷痕がある者はおりませんでしたか？」

音乃は、自分の右顎を指した。もし、顎に疵《きず》のある者が交じっていたら大きな手がかりになる。

「このくらいの古疵ですが……」

指を擦って、疵の長さを示す。

「一寸ほどの、小さな疵でしたが……」

「いや、あのときはそれどころではなく、お客様を守ることだけに気持ちが向いていて、手前は憶えてないですな。でしたら、誰か店の者に訊いてみるとしましょうか」

「ぜひに……」

　音乃のほうから、立ち上がった。そして店に戻ると、六人いる番頭から小僧まで一人一人に利左衛門が訊いた。だが、誰一人思い出す者はいない。そのときはみな、恐ろしくて相手から顔を背《そむ》けていたからだ。

「顎の疵ばかりでなく、誰一人の顔も憶えておらんとは、そろいもそろってだらしないものだ」

　憤りを示すものの、利左衛門自身も誰の顔も憶えていない。立花屋での聞き込みは、このくらいだろうと、音乃が引き返そうと体を反転させたところに、「ただいまもどりました」と言いながら、まだ十歳に届くか届かないかの、立花屋のお仕着せを着た小僧が店へと入ってきた。

「定八《さだはち》、番屋にお客様の忘れ物を届けたか？」

　利左衛門が、小僧に問うた。

「はい。行きましたら、一文のおだちんをいただきました」

「そうだろう。だからと思って、おまえを番屋に行かせたのだ。ここに置いておいても、気を使うだけで一文の得にもならんしの。そんなことでも儲けを得るのが、働くということなのだ。よく、覚えておきなさい」

「わかりました、だんなさま。それで、この一文どういたしましょうか？」

「おまえが持っていても失くすだけだ。今度の藪入《やぶい》りのときまで、わしが預かっておこう」

「おねがいします」

脇で、主と小僧のやり取りを聞いていて、さすがに商人と、音乃は利左衛門を見直す心持ちとなった。

「そうだ、定八。おまえは憶えておらんかな？　おまえの目端《めはし》は、この者たちより優れているから、ちょっと訊いてみるが……」

利左衛門は、小僧の定八を、並み居る番頭や手代よりも頼りとした。

「その人たち、たしか、しちろうたいって言ってました。てまえ、よくおぼえてます」

「ねえ、定八さん……」

音乃が、定八に声をかけた。まだ上背は音乃の胸あたりしかなく、定八は見上げる形で上を向いた。音乃の顔を見て、にっこりと微笑《ほほえ》むところは愛おしさが感じられる。

音乃は少し腰を落として、定八と同じ目線となった。

「その七狼隊の中で、ここのへんに疵があった人を憶えていない？」

「はい。その人でしたら、うしろのほうで小っちゃくなっていたように思います。刀をぬいてるけど、震えているのかカタカタ音がしてました」

間違いない。昨夜、音乃を襲った輩である。仲間が、度胸試しで音乃を襲わせるようけしかけたのであろう。

「ありがとう、定八さん。おかげで、助かったわ。そうだ、これお駄賃」

音乃は懐から巾着《きんちゃく》を取り出すと、四文銭を定八の手に握らせた。

「だんなさま、こんなにいただきました」

「定八、この日だけでも五文も儲けたではないか。このままいけば、将来は蔵が建つぞ」

「はい。いっしょけんめい、仕事にはげみます」

にんまりと笑う定八の顔を見て、音乃は店の外へと出た。

四

小僧定八の証言で、七狼隊の一人は知れた。しかし、それがどこの倅かは、これから探るところだ。だが、幸先《さいさき》がよいと、音乃の足も軽くなろうというものだ。

次に行くところは、日本橋の数寄屋町である。小間物屋文珍堂の主人作兵衛への聞き込みに廻るつもりであった。半里以上の道を、これから歩くことになる。昼もだいぶ過ぎたところで、音乃は空腹を覚えた。

立花屋を出て、半町も歩いたところに煮売り茶屋が『食事処』と書いた看板を下ろしている。『焼き魚うまし』と、板塀の貼り紙で客を誘っている。音乃は縄暖簾《なわのれん》を手で払って油障子の戸を開けた。

昼飯を摂る職人たちで、店内はごった返している。音乃は、空いている樽椅子に腰をかけた。一枚板で拵《こしら》えられた、卓で飯を摂らせる店である。六人が卓の周りを取り囲むことができる。そこに、先客が三人並んで座っていた。仕事の仲間同士か、大工や瓦工事の印半纏を着た職人たちは、音乃に目もくれず話に夢中である。

「ご注文は……?」

店の娘が注文を取りに来たので、音乃は「かけうどん」と返えした。店内に貼ってある品書きの、いちばん最初に目がいったからだ。うどんが届くまで、音乃は手もち無沙汰であった。「……それにしても、定八って小僧さんのおかげ」と、音乃の顔がほころびかけたところであった。

「そういえば大和屋の主人、おとといの夜殺されたんだってな」

卓に座る三人の話し声が、音乃の耳に何気なく入った。殺しと聞こえ、音乃の頭の中から定八の顔は消えた。そのときの音乃は、単なる噂話として職人たちの話を聞いていた。聞くともしないが、音乃の耳に入ってしまう。

「そうみてえだな。大和屋の茂兵衛さんが殺されたら、仕事の段取りはどうなっちまうんで？」

「そんなのな、俺たちが心配《しんぺえ》することじゃねえや。だが、親方衆を仕切ってる元締めがいなくなったんじゃ、でけえ仕事も取りづらくなるんだろうよ」

「とくに、お上《かみ》のほうからの仕事が……」

職人たちの語りを、娘の声が遮《さえぎ》る。

「お待ちどおさま……」

どんぶり飯に鰯《いわし》の干物。そして、おみおつけに三切れの沢庵《たくあん》が盆に載った定食が運ばれてきた。いっとき収まっていた会話も、沢庵を嚙む音に交じりながら再び聞こえてきた。

お上といった言葉が、音乃は気になっていた。大和屋茂兵衛というのは、公共の仕事を請け負う手配師と取れる。そんなことを思いながら、音乃はさらに聞き耳を立てた。

「殺されてた場所《ところ》ってのは、浜町のほうだってな」

「相手は侍らしくて、一刀のもとに斬られたらしいぜ」

「なんで、おめえはそれを知ってるい？」

「鳶《とび》の留吉《とめきち》が、おとといの夜現場の近くを通りかかったんだってよ。町方役人から、何か見なかったかって、訊かれたらしいぜ」

「そういや留吉の野郎、あのへんの旗本屋敷の普請場で、足場を組んでたな」

「ああ。おとといまでに終わらせなくちゃならねえってんで、篝火《かがりび》を焚いてまでやってたらしい」

職人たちの話はここまでであった。

「さあ、行くかい」

食事を済ませ、職人たちは立ち上がった。音乃はその様子を、ぼんやりと見ながら考えていた。

——行きに通りかかった、あの忌中の札が貼られた家かしら？

しかし、普請元締めの親方が住む家にしては、こぢんまりとしている。家の様子からして、妾女でも囲っておくような風情《ふぜい》であった。関わりないと思ったところで「お待ちどおさまでした」と声がかかり、注文したうどんが運ばれてきた。それと同時に、音乃の頭の中から大和屋茂兵衛という名は消え去っていた。音乃がその名を再び聞くのは、もう少し先のことである。

西に向かって五町ほど歩くと、日本橋の目抜き通りに出る。南に行けば五街道の拠点である日本橋を渡ることになる。数寄屋町へはそれが一番近道と、音乃はその道を選んだ。江戸でも有数の繁華街で、相も変わらず人の通りが多いところだ。

音乃が、日本橋本町《ほんちょう》三丁目から二町目の辻に、差しかかったところであった。ふと横丁を見ると人だかりがしている。道を入れば、そこは瀬戸物町《せとものちょう》と呼ばれるところで、茶碗陶器を売る店が並ぶ。南側には魚河岸《うおがし》があり、江戸の台所を賄《まかな》う店が軒を連ねている。音乃は、好奇心から人だかりに足を向けた。

「何がございましたの？」

店の中をのぞく野次馬のうしろから、音乃は声をかけた。それと同時に、ガチャンと陶器が割れる音が聞こえてきた。

「なんだか、性質《たち》の悪いのがこの店で暴れているようで……」

「どなたも、止めないので？」

「どっかの武家の倅らしくてな」

「……武家の倅？」

音乃の脳裏に、七狼隊がよぎった。

「あんな奴、町人じゃ止めようがねえ。まったく、番所は何をしてやがるんだ」

野次馬の中に、侍らしき者はいない。憤慨が、野次馬の口を吐いて出た。そのときはもう、音乃はそこにいない。三重にもなった野次馬を掻き分け、音乃は瀬戸物屋の中を自分の目で確かめた。すると、若侍が一人でもって、息巻いている。七人という徒党ではない。

「俺を誰だと思ってやがる！」

口調は伝法《でんぽう》で、やくざそのものである。武家の倅にしては、言葉が乱暴すぎる。

――七狼隊の一味なのかしら？

この時点では、まだ音乃にはなんともいえない。もう少し、様子を見ることにした。店内の土間を見ると、粉々に割れた湯呑茶碗が落ちている。壊されたのは、まだそれ一つのようだ。何が気に食わないのか、ブツブツと文句を垂れているが、まったくの意味不明で要領を得ない。それでは、単なる言いがかりとしか聞こえない。

音乃は、ふとそのとき思った。

——もしかしたら、誰かを待ってるのかしら？

時を稼いでいるとも、考えられる。とそこに、野次馬を掻き分け入ってきた一団があった。みな派手な羽織と袴を着こなし、傾奇者《かぶきもの》を気取っている。齢《とし》は見た目で言っても、上は十八歳どまりである。数えると五人。上から下まで、齢の差は二、三歳はありそうだ。話に聞いていた『七狼隊』だと、二人足りない。だが、いつも全員がそろっているとは限らないだろう。音乃は黙って、その先の成り行きを見ていることにした。

「何かあったのか、主？」

先頭に立つ、一党の頭目らしき大柄の男が板間に座る主人らしき者に訊いた。

「なんだか、わけの分からないことで脅されまして……売り物の茶碗を……」

式台の上から、主は三和土へと目を転じた。そこには、粉々となった茶碗が落ちている。

「この男がやったのか？」

「はい……」

力なく小さくうなずき、主は意思を示した。若いとはいえ、元服を済ませた武士である。小商いの町人が、とても太刀打ちできる相手ではない。

「ここは、拙者たちに任せてくれんか？」

「お願いします」と、主は事態の収拾を若侍たちに任せた。

「貴様らには関わりのないことだ、引っ込んでろ」

茶碗を壊した無頼が、一党に向けて大声で言い放った。

「そういうわけにはまいらん。ここの主に頼まれたのでな。するとあんた、この五人を相手にするとでも言うのかい？　だったら、表に出て相手をしてもいいんだぜ」

凄みを効かせ、頭目《とうもく》が対峙《たいじ》する。ほかの四人は大刀の柄《つか》に手をあて、すぐにも抜刀せんと身構えている。

「分かった、もういい。主、今度つまらねえ物を売りつけやがったら、何も言わねえでこの店をぶっ潰してやるからな」

多勢に無勢を悟ったか、捨て台詞《ぜりふ》を吐いて先客の若侍は去っていった。

――つまらない物ってあの若侍、ここでいったい何を買ったの？

瀬戸物屋とは、到底関わりのあるような若者ではない。音乃がそんなことを考えていたところに、中からさらなる声が聞こえてきた。

「もう、不逞な輩は追い払った。主、安心するがよい」

口を利くのは、一党の頭目だけである。あとの四人は黙って、必要もない睨みを効かせている。そこに、何か魂胆《こんたん》がありそうだ。

「ありがとうございました」

事が済んでも、なかなか引き返そうとはしない。

「礼などに、およばん。しかし、またあのような輩がいつ来るとも分からん。あやつも言っていたではないか。今度来たときはこの店をぶっ潰してやるって、ずいぶんと物騒《ぶっそう》なことを」

「左様でしたな」

いつしか野次馬は消え、表に立っているのは音乃の一人となった。音乃は柱の陰に身を隠して、中の様子をうかがった。客のふりをして店の中に入ろうとしたが、思いとどまったのは、ほかに人がいては、本性を現さないだろうとの配慮であった。

「店を守ってもらいたければ……現に、すでに救ってやったの」

面と向かって要求をしないのは、相手からの言い値を待っているようだ。それが肚《はら》の内と、音乃には知れた。善人を装った、阿漕《あこぎ》なやり方である。

「それは気づきませんで……」

言って主は、帳場の引き出しを開けた。一分金が音乃の目に映った。一分金四枚で一両の換算である。

「それっぽっちなもんで、この店を守れってのか？」

だんだんと、本性を現してくる。

「こっちには、五人もいるんだぜ。いやもう一人、今は怪我して動けねえ奴がいる。俺たち六人が命を張って、これからこの店を守ってやろうってのに、一分ってことはなかろう」

一分の儲けを出すのに、かなり大変そうな小さな店である。そんなところに強請《ゆすり》をかけている。

「俺たちは七狼隊といってな、世の中の悪を成敗するために結成された」

威張った口調で、頭目が口に出した。

「……やはり」

こんなに早く遭遇するとは、思ってもいなかった。これで、数寄屋町と銀座町まで、行く必要はなくなった。潰すに充分たる証拠を、音乃はこの場でつかもうとする。さらに、その先の様子を柱の陰から見やった。

「女房と二人で切り盛りする店なんで、手前の商いではこれが精一杯です。どうぞ、これでお引取りを……」

「俺たちは、別にたかりに来たわけじゃない。きょうのところはこれで仕方ないが、次に来たときは、少なくも一両は用意しておいてくれないと困るな」

ヤクザもどきの、見ケ〆料《みかじめ》を要求する。頭目の口調は穏やかだが、あとの四人の目が容赦しないと脅しにかける。蛇に睨まれた蛙のごとく、瀬戸物屋の主は竦《すく》んで震えている。

「わっ、分かりました」

瀬戸物屋の主が、渋々要求を呑んだ。

「それでは、また見廻りに来てやるから、そのときはよろしく頼むぞ」

笑い声を残して、五人が外へと出てきた。

「……まったく、馬鹿なやつら」

音乃が、吐き捨てるように呟きを口にした。

五

──行き着く先を確かめたい。

とくに、あの頭目がどこの屋敷に入っていくかまでは知りたいと、音乃は七狼隊のあとを追った。

大刀を腰から抜き、肩に預けて風を切るように往来を横並びになって歩く。町人はみな、七狼隊を避けて通る。だが、少しばかり強面《こわもて》の侍や、身分が高そうな武士が対面から来ると、五人のほうから横並びを崩し、道を空けている。その様が滑稽で、音乃はクスリと笑いを漏らした。

日本橋目抜き通りを南に向けて闊歩《かっぽ》し、五人は日本橋の袂《たもと》に差しかかる手前で、道を右に取った。左に行けば魚河岸本船町《ほんふなちょう》である。半町ほど行くと、そこは品川《しながわ》裏河岸と呼ばれるところである。そこに『呑清《のみせい》』と書かれた赤提灯が軒下に垂れる、小さな居酒屋があった。縄暖簾を潜り、五人が入っていく。

音乃はその居酒屋に、入るかどうかをためらった。女一人だと入りづらい店の雰囲気であるし、音乃だけだとどうしても目立ってしまう。どうしようかと立ち止まったところで、髷《まげ》を鯔背《いなせ》にずらした遊び人風の男が脇を通り過ぎようとした。

「お兄さん……」

音乃が、すかさず声をかけた。

「なんでい？」

「この居酒屋に来られたのですか？」

「ああ、昼酒を呑もうと思ってな」

「でしたら、あたしと差し向かいなんかで……」

「おい、昼間っから大胆なことを言ってくれるじゃねえか」

「おいやかしら？」

ちょっと、科《しな》を作って男を誘う。

「とんでもねえ、こいつは願ったりだ」

まんざらでもないと、男は鼻の下を伸ばした。

「独りで呑むのも野暮《やぼ》だと思いましてねえ、どなたかお付き合いしてもらえるお方を待ってたのですよ」

音乃が相手なら、世の中に拒む男はいない。

「よし、俺でよけりゃ付き合うぜ」

縄暖簾を掻き分け、男は戸を開けた。連れが音乃なら、男として少しは鼻高になろうというものだ。

音乃は店の中を見回し、七狼隊の姿を探した。すると、店の奥の入れ込みに、三人ずつ向かい合って、六人が座っている。音乃が驚いたというより、やはりと思ったのは、瀬戸物屋で怒鳴り散らしていたその一人が加わっていたことだ。

――つまらない、狂言回しをして。

腹の底から、音乃は怒りが込み上げてきた。

衝立《ついたて》で仕切ってあって、その隣が空いている。

「あそこで、いかが？」

「ああ、上がって差し向かいか。俺には異存がねえぜ」

板間の入れ込みに上がると、音乃は衝立を背にした。耳を澄ませば、隣の声は拾える。しかし、向かいに座る、男の声が邪魔となった。

「ねえ、あんた、下りて注文をしてきてくれない。あたし、お茶とおでんでいいから」

「なんでえ、呑まねえのか？」

「お茶でも酔えるから、いいの。さあ、早く行って頼んできて」

男が土間に去ると、音乃は背中に全神経を注いだ。すると、微《かす》かながらも声が聞こえてくる。

「冬馬の奴は、きのう腹を殴られて寝込んでやがる」

――やはり、あの若侍が……。

誰の声か分からないが、意味が取れれば充分である。どおりで、顎に疵のある男がいないと、音乃には得心できた。

さらに、耳を傾け声を拾う。都合よく、男の戻りは遅い。

「たった一分で、勘弁してくれっ……だってよ」

「だったら、またあの店に行くか？」

怒鳴り声を発していた男の声と、よく似ている。

「いや、もういい。いくら脅したって、あの店じゃ鼻血も出ねえぜ。もっと、羽振りのよさそうな店を狙ったほうがいい」

「だったら、当たりをつけてある店が……」

「どこだ？」

「そこは江戸……」

と聞こえたところで、話が消えた。

「待たせて悪かったな。ちょっと、雪隠《せっちん》に行ってたんで……」

「もっと、ゆっくりでよかったのに」

大事なところで、邪魔をされた。そんな恨む思いが、音乃の口調に表れていた。

「なんだか、急に不機嫌そうになったな。何か、あったのか？」

「いいえ、別に」

「ところで、俺は伊ノ吉《いのきち》ってんだが、あんたは？」

「名なんか、どうでもいいの。野暮だねえ、きょう一日の行きずりに未練を残さないってのが、粋《いき》な遊びってものよ」

「そういうもんかい。きれいな顔して、言ってくれるじゃねえか。ところで姐《ねえ》さんは、お武家の……」

「ちょっと、黙っててもらえない。あたし、おしゃべりな男って嫌いなの」

そのうちに、頼んだものが運ばれてくる。二合入りの銚子《さしなべ》と煮魚が伊ノ吉の、酒の肴《さかな》であった。お茶と、皿に載った昆布と大根、そして蒟蒻《こんにゃく》のおでんが音乃が頼んだ品であった。


気配を感じたか、急に衝立の向こう側の声が聞こえなくなった。ひそひそ話となったのだろうか。

「ねえ、伊ノ吉さん……」

音乃も前のめりとなって、小声となった。

「衝立の向こうに、六人の若侍がいるのだけど、あんな若くして酒なんか呑んでるのよ」

「ああ。あいつらか……」

「知ってるの？」

「どこかの武家の、馬鹿息子どもだ。たまにここに来て、酒を呑んでる。いつもは七人なんだけど、きょうは六人しかいねえな」

「どこのお家だろうねえ？」

「俺が知るわけねえだろ」

伊ノ吉の話はためになると、音乃は機嫌を取るように酌をした。銚子を傾け、さらに問う。

「どうして、こんなところに来るのかしら？」

「おそらく、ここには侍が来ねえからだろ。ああいった連中は、弱い者には強えが、ちょっとでも強い奴にはからっきしだらしねえ。見てると胸糞《むなくそ》が悪くなるぜ、まったく」

言って伊ノ吉は、一気に酒を呷《あお》った。すかさず一献と、音乃は酌をする。

「そんでも、ここでは悪さをしねえからな。大人しいもんだぜ」

「なんででしょうね？」

「板場の中を見てみろよ」

音乃は言われて、厨《くりや》の中を見やった。すると、出刃包丁を振り上げ、鬼瓦のような顔をした強面《こわもて》の亭主が鯉《こい》の頭を叩いている。「……源三さんと、負けず劣らず恐そう」と、音乃は船頭の源三と面相を重ねた。

するとそのとき、衝立の向こう側の声が少し大きくなって、音乃の耳に届いた。

「そろそろ、引き上げるとするか？」

「そうですね」

引き上げる気配に、音乃のほうが先に腰を上げた。ちょうど、夕七ツを報せる鐘が鳴りはじめたところだ。

「ごめんなさい、こんな刻。あたしも、急いで帰らなくては」

半刻近く付き合えば、相手も納得するだろう。

「そうかい、だったら気をつけて追いなよ」

「えっ……？」

伊ノ吉の、笑いを含ませた言葉に音乃は小さく首を捻《ひね》った。先に出て、待ちかまえたほうが追いやすい。伊ノ吉に向け「それじゃ、きょうはご馳走さま。おいしかったわ」と、音乃は一言残した。そして土間に下りると、伊ノ吉を残して居酒屋の外へと出た。

少し離れたところで、七狼隊が出てくるのを待つ。

勘定をきちんと払ったのだろうかと、音乃は少々気がかりである。だが、六人がそろって外へと出てきたところは、揉めた形跡はなさそうだ。大刀を肩にかけ、再び肩で風を切って歩きはじめた。音乃は五間ばかり離れて、そのあとを尾けた。

大通りに出ると、六人は別れた。三人は南に向かい、一人は北に向かって歩いていく。音乃は、頭目らしき男のほうを追った。夕方となって、人も閑散としている魚河岸を、日本橋川に沿って歩いていく。その先の、大名や旗本の武家屋敷が建ち並ぶところといえば、浜町界隈となる。二人の若侍は、その方面に向かって歩いている。

江戸橋《えどばし》を右に見て、荒布橋《あらめばし》で西堀留川、親父橋《おやじばし》で東堀留川を渡ると六軒町《ろっけんちょう》。そのつき当たりを右に曲がり、一丁《いっちょう》横丁を左に折れて行けば、武家屋敷との境となる。

やがて周囲は西浜町《にしはまちょう》の武家屋敷町となり、人の通りはぐっと減る。閑散とした道に、音乃は十間ばかりの間を空けた。そのころには、二人の若侍は腰に大刀を戻し、歩き方も傾奇者風ではない。極々《ごくごく》そこらにいる、若侍と同様である。「……数でものを言ってるのが、よく分かる」と、音乃は呟きを発した。

こういう輩は、頭さえ潰せば大人しくなる。そのために、音乃は頭目がどこに帰るかを尾けているのである。そこさえつき止めれば、このたびの任務は半分終わったようなものだ。

西浜町の一角に、松島町と名のつく町屋がある。武家屋敷に囲まれた、離れ小島のような町屋は、百年ほど前の享保《きょうほう》のころまでは、町奉行所の組屋敷であったところだ。以後に、町屋となって町人が住み着いたとの言い伝えがある。

若侍の二人は、松島町を縦につっきる道を取り、町屋を通り抜けた。

「それじゃ、またあしたな」

もう、この日の遊びは終わったのか、松島町を抜けたところで二人が別れた。音乃は迷わず、頭目のほうを尾けようとしたところであった。

「あれ、音乃さんでは？」

背後から、音乃を呼び止めた男がいた。音乃が声のしたほうを向くと、顔見知りの長い顔の男が立っている。

「長八《ちょうはち》親分……」

音乃の夫、巽真之介が生存していたときの手下であった。

「何をやってるんですかい、こんなところで？」

「今、人を……あっ、見失っちゃった」

先を見るも、七狼隊の頭目の姿は消えていた。「まいったわね」と、顔に苦渋《くじゅう》を浮かばせ、長八を恨めしげに見やった。これほど悔しい顔を、長八に見せたことは今までにない。

「どうしたんですか？　そんな、恨めしそうな顔をしなすって」

「おかげで、見逃してしまったわ。せっかくここまで、追ってきたってのに」

「追ってきたって……誰をです？」

「そんなこと、誰だっていいじゃない」

これで任務は半分終了と思ってたところでの邪魔に、すこぶる音乃は不機嫌である。

「いや、すいやせん。なんだか音乃さんを怒らすことをしちまったようだ。このとおり、謝りやす」

道端で、岡っ引き姿の長八が、腰まで折って頭を下げている。そこを通りかかった松島町に住む職人らしき男が、怪訝そうな顔を見せて通り過ぎた。

長八を詰《なじ》るのはお門《かど》違いだと、音乃は不機嫌で対したのを恥じた。

「ごめんなさい、わたしこそ言葉が過ぎました。長八親分、もういいですから頭を上げてくださいな」

音乃は機嫌を戻し、折りっぱなしの長八の腰を伸ばしてあげた。

「ところで親分は、なんでこんなところに？」

互いに、普段はまったく縁がない場所である。偶然といえば、できすぎている。

六

夕七ツ半は、とうに過ぎている。日が西に大きく傾き、奥武蔵《おくむさし》の山塊が赤く染まろうとしている。

――もしかしたら、ここって……。

音乃に、思い当たる節《ふし》があった。つい数刻前に、日本橋田所町の煮売り茶屋で聞いた話である。長八の用事が何かを、音乃は知りたくなった。もしかしたら、関連があるのかと。となれば、はいさようならと、別れるわけにはいかない。

立ち話もなんだと、語り合うのに適当な場所を松島町の中で探した。しかし、めし処と書かれた暖簾の煮売り茶屋が一軒あるだけで、落ち着いて話せるところはない。

「あっしも、あらかた用事が済んだんで、戻るとしますかい」

長八の住まいは、箱崎町《はこざきちょう》にある。霊巌島《れいがんじま》に帰る音乃と、同じ方向にあった。何があったかを聞くだけならば、歩きながらでもできる。音乃は、長八の語りを、前を見据えて聞いた。

「おとといの夜、松島町からちょっと南に行ったところで、人が殺されやしてね」

「もしかしたら、親分。それって、大和屋茂兵衛さんて人じゃございません？」

音乃の話に、長八は急に立ち止まる。

「えーっ、音乃さん。なんでそんなこと、ご存じなんですかい？」

長八の、驚いたというより、呆れ返ったといった口調である。

「実は、お昼を食べたお茶屋さんで、席を隣り合った職人さんたちが話しているのが耳に入ってしまったの」

「そいつを憶えてて……ほんと、音乃さんには敵《かな》わねえや」

「やはり、そうだったんですか。それで、親分も浜町に来てたと……それにしても、偶然」

「ええ、おっしゃるとおりで、殺されてたのは大和屋茂兵衛。それで、殺《や》ったほうは武士だと見てるんで。それが誰かを、あっしが探ってるんで」

「長八親分、お一人でですか？」

「下手人《げしゅにん》が侍ってことで、高井《たかい》の旦那は投げちまって……下手人が知れたところで、目付様に渡さざるを得ないとか、まあ、そんなことでやして」

「それは、大変ですねえ」

この日長八は、一昨日の夜に起きた大和屋茂兵衛殺しの聞き込みで、界隈を廻っていた。しかし、何も得るものはなくそろそろ引き上げようとしたときに、音乃とばったり出くわしたという。

「音乃さんも、それを探ってるんで？」

「いえ、あたしはまったく別のこと。ちょっと人を尾けてたら、浜町《ここ》に来てしまったの。もうちょっとのところで、行き先が知れたのに」

音乃の憤りがぶり返したと思ったか、

「そいつはすまねえことしちまいやした」

長八は、再び頭を下げた。

「もういいわよ、謝らなくても。それより、歩き話もなんですから、落ち着いて話しができないかしら？」

「あっしもそう思ってやした。ちょうどよかったですぜ、音乃さんと出会えて。いろいろ聞きてえこともありやすし」

歩きながら話しているうちに、ふと気づくと小網町《こあみちょう》まで来ていた。そこから日本橋川沿いの堤を歩き、北新堀《きたしんぼり》に架かる箱崎橋を渡れば、長八の住む箱崎町である。今はお峰《みね》という女房と一緒になり、二軒つづきの長屋に二人で暮らしていた。

「ここまで来たんだ。音乃さん、家に寄っていきやせんか。たまには、お峰にも会わせてやりてえし」

音乃も、お峰のことはよく知っている。長八が真之介の配下にあったとき、お峰と引き合わしてもらった。そのときはまだ、二人は一緒にはなってなく、初々《ういうい》しいところを見せつけられたのを音乃はよく憶えている。そのころに二、三度会ったが、真之介の死後は顔を合わせることもなかった。

「よければ、かかあの手作りの料理でも召し上がってくだせえ」

たしか、日本橋小舟町《こぶなちょう》の料理屋の娘で、料理の腕がよいと聞いている。身持ちのよい嫁さんをもらったと、所帯を持ったと聞いたときに、音乃も手放しで喜んだほどだ。

「ちょっと、お邪魔しようかしら」

「そうして、くだせえ。それに、うちなら落ち着いて話もできるでしょうし」

家に帰っても、風邪を移されるだけだと、音乃は長八の家でもてなしを受けることにした。

箱崎橋を渡ったところで、暮六ツを報せる捨て鐘が三つ早打ちで鳴った。

「さあ、着きやしたぜ」

三つ目の鐘の余韻が残るところで、長八が足を止めた。お稲荷《いなり》さんの祀《まつ》られている路地を入ったところに、二軒長屋があった。四畳半一間《ひとま》の、九尺二間《くしゃくにけん》の棟割《むねわり》長屋とは違い、ちょっと広さも格も上のところに住んでいる。

「いま帰《けえ》ったよ」

油障子を開けて、長八が声を投げた。

「お帰りなさい」

広い家ではない。十歩も歩けば、裏に出てしまう間取りである。すぐにお峰が戸口へと出てきた。

「お峰さん、ご無沙汰してます」

三和土に音乃が立っているのを見て、お峰は頭に載せたあねさん被りの手拭いを取った。

「音乃さん……こちらこそご無沙汰です……」

なぜに亭主と一緒だと、不思議がるお峰の表情が向いた。お峰は、音乃が何をしているかまでは知らない。真之介が亡くなり、とっくに巽家とは縁が切れていると思っていたらしい。女として、ちょっと不穏な気持ちを宿したようだ。音乃は、そんな心情をお峰の表情から見透かした。

「実はわたし、まだ巽の家にお世話になってるの。長八さんから、お聞きになってなかったですか？」

「はい。外のことは、まったく話をしてくれませんので。とくに、お仕事のことは皆《かい》目《もく》……」

お峰は、ちょっと外でしゃべりすぎるという性格を、長八から以前聞いていたのを、音乃は思い出した。お峰の前では、事件の話をするのはまずいと、音乃は思った。すれば、今の立場をお峰に語らなくてはならない。なるべくならば、それは避けたいところだ。

「今しがた、小網町の鎧《よろい》の渡《わた》しの堤で音乃さんとばったり会ってな、たまにはお峰に会ってくれとお願いしたんだ。それと、おめえの料理を食べてくれってな」

長八も心得ていて、方便を語った。

「そうでしたか。でしたら、これから支度をしますので、ちょっとお待ちください。間に合わせの物ですが、お口に合うかどうか」

「いいえ、急に来てごめんなさいね。そんなにお構いなく。そうだ、お手伝いしましょうか？」

「いいえ、とんでもありません。どうぞ、亭主とお話しなさっててください。今すぐ、仕度を……」

言ってお峰は、勝手へと向かった。六畳二間あるが、障子戸を閉めるわけにもいかない。狭い家なので、話は筒抜けになる。

「あしたの朝、あっしのほうからうかがいます」

「そうしていただけますか」

小声でもっての打ち合わせは、二言だけで終わった。この日は、お峰の手料理をご馳走になったら家に戻ろうと、音乃の話は世間話となって、まずは丈一郎の風邪引きに向いた。

「大変なんですよ、高熱と咳で……ご高齢ですから心配」

「風邪ってのは、どれくれえで治るもんで？」

「源心先生の診立てでは、五日ほど安静にしてなさいって。今が、一番辛そうなとき」

「移されねえよう、気をつけなきゃいけやせんね」

「わたしよりも、お義母《かあ》さまのほうが気がかり」

そのときお峰が膳を運んできた。

「お待ちどおさま……」

自分で作ったという胡麻豆腐《ごまどうふ》に、擂《す》った根生姜《ねしょうが》が利かしに載っている。大皿には蓮根《はすね》、里芋《さといも》、椎茸《しいたけ》、人参《にんじん》、牛蒡《ごぼう》の野菜の甘辛の煮付け。筑前《ちくぜん》地方の郷土料理とお峰は言った。人参を花形に切り抜き、彩《いろどり》を添えているのが心憎い。そして、小鉢に卯《う》の花《はな》がそろえば、立派な精進料理だ。

「さすが料理屋の娘さん。長八親分、毎日こういうものを食べてるの？」

「なんですか、きょうはたまたま。運よく、音乃さんが立ち会っただけのことです」

「本当ですか？」

「ええ。この人の言ったとおりです。ちょっと、お祝い事もあったもので」

「お祝い事って？」

問うても、お峰が恥ずかしそうにもじもじしている。

「もしや……？」

「やや子を宿したようでして」

お峰の言葉に、驚いたのは長八であった。

「本当か、おまえ！」

長八は、何も知らなかったようだ。

「きょう、お医者様に診立ててもらったら、そうらしいと」

「それは、おめでとうございます」

音乃が心よりの祝辞を述べるが、お峰の顔は晴れてはいない。どうかしたかと、音乃と長八が顔を見合わせた。

「やや子を授かるのはありがたいのですけど、きょうお医者さんに行ったついでに実家に寄ったのです」

「実家で、何かあったのか？」

長八が、一膝乗り出して訊いた。

「先だって、お店が無頼たちに脅かされたって、お父っつぁんがしょげてました」

「なんですって！」

これには、音乃のほうが驚いた。

「お峰さん、詳しく聞かせていただけます？」

うっかりして、音乃は身を乗り出してしまった。

「音乃さんが、どうしてそんなことを？」

お峰に問われ、咄嗟《とっさ》に言い繕《つくろ》いを考える。

「わたしの知り合いの蕎麦屋さんが、やはりそんな輩《やから》に脅かされて。それも、つい最近のこと。お峰さんのご実家は……？」

　この誤魔化《ごまか》しは、お峰に効いた。

「先おとといでしたか。六、七人の若い侍が来て、料理に虫の死骸が入ってたって。もちろんそんなことはないはずなんですが、落とし前をといってお金を要求されたのです。とんでもないとつっぱねたら、このことを世間中にばらすと脅かされ……」

「それで、どうなりました？」

「お父っつぁんが、そんな脅しに屈するわけがありません。好きなようにしろと言ったら、すんなりと引き下がったってことです」

「さすが、親父さんだな」

　長八が、感心したようにうなずく。

「でも、気になるのはそのとき店にいたお客さんたち。悪い風評って、すぐに広がるでしょ。そんなことが、気になっているらしいの」

「そんなことがあったんなら、俺に話しとけばよかったのに」

「おまえさんに話そうか迷ったのですけど、相手がお武家とあっては手が出せないんでしょ」

「そりゃそうだが……まあ、もうおめえは忘れるこった。でねえと、お腹の子に障《さわ》る」

「そうですよ、お峰さん。そんな奴ら、きっと誰かが成敗してくれますから。ええ、間違いありませんわ」

きっぱりとした音乃の口調は、長八にも聞かせるものであった。すると「——そいつを探ってるんかい」といった長八の表情を、音乃は読むことができた。

「ああ、音乃さんの言うとおりだ。武家だろうがなんだろうが、そんな馬鹿連中はどこかでガツンと手痛いしっぺ返しがあるってもんだ」

長八の説得に、お峰の表情も明るみをもった。

「ええ、そうですよね。これであたしも落ち着きました。さあ、ご遠慮なく召し上がってください」

ようやく音乃は、お峰が作った精進料理に箸をつけることができた。だがお峰の話を聞いて、食べているときでも頭の中は、どうやって七狼隊を懲らしめるかで一杯である。料理の味は飛んでいても「うん、とてもおいしい」と、賛辞だけは音乃は忘れずに口にした。

七

翌日の朝、長八が巽家を訪れてきた。まだ、朝五ツを報せる前である。

「ちょっと、旦那にお見舞いを……」

長八が、律に取次ぎを頼んだ。それを丈一郎に伝えに行くと、すぐに律は戻ってきて見舞いを拒む。

「風邪を移したら大変だから、来ては駄目ですと。それに、お峰さんにお子ができたのでしょ。もし長八さんが風邪をひき、お峰さんにでも移したら一大事。そんなんで、これから中へは入らないでください」

長八の女房が子を宿したことは、すでに音乃の口から伝えられている。律は、手でもって線引きをし、結界を張った。そこに音乃が、奥から出てきた。

「長八親分、舟玄さんの座敷をお借りしましょ。あそこならば、少しは話を聞かれても大丈夫。それと、源三さんにも聞いていただきたいし」

「そいつは妙案で」

音乃は三和土に下りると、草履を履いた。

「お義母さま、ちょっと出かけてきます」

「気をつけてね。それと長八親分、お峰さんにお体を厭《いと》うようお伝えください」

「伝えたいんですけど、あっしがここに来るのは、かかあには内緒なんで。まあ、それとなく言っておきますが」

「よろしくね」

律に見送られ、音乃と長八は外へ出た。もう、外の空気はすっかりと冬の匂いを漂わせている。

北西からの風を背中に受けて、舟玄までの一町の道を音乃と長八は並んで歩いた。眼下に見える亀島川の川面は、さざ波が立って銀色に輝いている。

舟玄の、一部屋を借りて音乃と長八の話は、昨日のつづきとなった。源三にも加わってもらいたかったが、生憎《あいにく》と客の送りで出ている。

「まずは、長八親分の話を先に聞こうかしら。わたしも詳しいことは知らないし、そのときの状況を聞かせてくれる」

「それでは、あっしのほうから。さきおとといの夜のこと……」

長八は、西浜町で起きた大和屋茂兵衛殺しの経緯を語る。

一昨日の、夜のこと。

松島町の町屋に差しかかる手前、一町のところ。道幅二間の、道の真ん中にうつ伏せになって人が倒れているのを発見したのは、それから四半刻後の、定時に見廻る辻番所の小男であった。武家地で起きた殺しの事件であるが、被害者が町人ということもあり、北町奉行所の定町廻《じょうまちまわ》り同心《どうしん》が検視へと駆けつけてきた。高井《たかい》に、長八が従っていた。

「――高井の旦那、これはお武家の仕業ですね。袈裟懸《けさが》けの、一刀のもとで殺《や》られてますぜ」

「そのようだな。だが、下手人が武家とあったら町方ではちょっと、面倒臭いことになるぜ」

町方役人では、武家の屋敷には踏み込めない。できないことはないが、いろいろと複雑な手順を踏む、面倒な手続きが必要となってくる。

「ですが、殺されたのは商人ですぜ。下手人を見つけ出して、目付様の手に渡してやりましょうや」

「それもいいけどな、長八。これは、辻斬りとも考えられる。となると、俺たちの手に負えねえこともありえる。これは奉行所に戻って、与力様に意見を仰がんといかんな」

下手人の探索をさておいて、高井は職務の範疇《はんちゅう》を気にした。高井の言葉に頓着《とんちゃく》なく、長八は横たわる男の遺体の周囲に、遺留品がないかを探していた。周囲に手がかりとなるものは何も落ちていない。ときが経つにつれ、小役人たちの足跡などで荒らされ、さらに困難なものとなった。そのとき、長八の目に入ったものがあった。

「おっ、こいつは……」

しかし、長八は高井に告げることなく、それを自分の胸にしまった。どうせ気乗りのしない事件と考えている高井が知ったところで、どうにもならないとの思いがあった。

高井と長八が立つところは、月の光も届かぬ真っ暗な闇である。界隈は、大名や旗本の拝領屋敷が建ち並ぶところである。明るいのは、御用提灯で照らされた屍《しかばね》の周囲だけであった。

「こいつは、らちが明かねえな。仏さんの身元が分からねえんじゃ、探りようもねえ。面倒臭えのが、殺されちまったもんだぜ。俺は別の件を当たるから、これは長八に任せたぜ」

高井の愚痴は、闇の中へと吐き捨てられた。

音乃は、ときどき相槌を交えながらそのときの状況に聞き入った。

「それで、殺されてたのが大和屋茂兵衛さんとは、何で知りましたの？」

「財布が懐にあり、その中には五両ほど入ってやしたが、身元を示す物は何もなくて……」

「五両も持ってたということは、物盗りではないってことですね」

「そのように取ってもらってかまわねえと思いやす」

物盗りでないとすると、殺しの動機は二つに限られる。

「……場当たりの辻斬りか、顔見知りの怨恨のどちらか」

「ちょうどそこへ、お武家が通りかかりやして……」

音乃が思案に耽《ふけ》り、呟いたところで長八の声が重なった。

「お武家って？」

「一見すれば、四十の半ばってところでしょうかね。そのお武家が、身元を知ってまして……」

そのときの様子を長八は、思い出しながら語る。

「――拙者、この男を知ってる。作事奉行大平彦左衛門様の屋敷によく出入りしてい

ろだ。


大和屋茂兵衛は　建築普請を施工業者に斡旋し、発注者との仲介をする手配師であった。それを業者たちは『元締め』と呼んでいる。店を持たずの、いわば口八丁の商いである。幕府の下三奉行の一つである作事奉行とも、縁が深いとはうなずけるところだ。

「助かりやすぜ。ところで、あなたさまのお名は？」

長八の問いに、武士は首を振る。自分に累《るい》がおよんではまずいからと、断りが入った。その代わり、

「この男を斬った下手人は、若かったような……」

「どんな、面相をしてやした？」

「暗くて遠目だったので、人相は分からんかったが、茂兵衛が持っていた提灯にその姿だけは一瞬浮かんでいた。だが、あまりにも咄嗟のことなので、どんな様相だったかは憶えていない」

その武士が、殺しの現場を目撃したという。

「でしたら、お武家様。なぜにすぐに届け出るか何かしなかったんです？」

「急ぎの用事があったので、届け出ると厄介なことになると。それに、かなりの剣の

手練《てだれ》だったのでな」

　武士は、保身のほうを大事にしたようだ。

「まあ、誰かが見つけて届けるものと……だから、今こうして男の身元を語ってあげたではないか」

　武士が通りがかったのは、用足しをした帰りであった。

「そいつはありがてえと思ってやす。ところで、この大和屋茂兵衛って人はなぜに大平様のところに……？」

「そこまでは、知らん。自分で調べたらよかろう。それでは、ごめん」

あと二つ三つ長八は訊きたいことがあったが、武士は足早に去っていった。

長八の回想を、音乃は首を傾げて聞いていた。

「何か、腑に落ちないことでも？」

「ええ、二つばかり。遠目で暗く、一瞬で消えた提灯の明かりで、よく、若そうだと言い切れますね。あまりに咄嗟のことと、言ってませんでしたか？」

「ええ。そう言ってたのは、間違いないと」

「それが一つ。それともう一つは、作事奉行大平彦左衛門様の屋敷によく出入りしている、日本橋田所町に住む大和屋茂兵衛って、かなり細かく身元を語っているのに、ご自分の名を語らないってのもおかしいですよね」

「面倒臭いことに、巻き込まれるのがいやだと言ってましたぜ」

「でしたら、黙ってその場を立ち去ったのでは？」

「お武家も、見て見ぬ振りができなかったんじゃねえですかね。それで、自分で知っていることをみな語ってくれたものと、あっしは思いやすが」

長八の言うことは、半ばもっともである。だが、音乃はその武士に小さなしこりを感じていた。それが何かと分からないうちは、長八に語るべきでないと思っていた。

第二章　若侍たちの悪行

一

　このとき音乃はまだ、事件を七狼隊とは別のものととらえていた。

「ところで音乃さん、茂兵衛殺しの現場に手がかりみてえのが一つ残ってやして……」

「手がかりって、どんな？」

　問いに答える長八の、次の言葉が俄然音乃の気持ちを緊張させる。

「それが、殺された茂兵衛さんの指先の地面に『七』って文字が書かれてたんで」

　同心の高井には告げなかったことを、長八は音乃には迷いなく語った。

「七ですって？」

疑問とも、驚きともつかぬ声を音乃は発した。

「何か、音乃さんに心当たりでも？」

「ええ。でも、まさか……」

長八の問いに、音乃の言葉が濁りを見せた。

「茂兵衛さんは、相手の顔を知ってたのでは？」

七狼隊のことを、詳しくは話していない。まだ語るときではないと、音乃は別の問いを発した。

「いや、そいつはどうか分かりやせんが、ご新造《しんぞ》さんの話じゃ『七』という字には、人の名も店の屋号も、思いつくのはねえようで」

ある程度調べてあるが、そこから下手人《げしゅにん》に結びつくものはなかったと長八は言う。

「それが、どうも腑に落ちねえんで」

「どこが、腑に落ちないと？」

「それが音乃さん、その七という文字を茂兵衛さんが書いたにしちゃ、指の先が汚れてねえんですよ」

「道が乾いていたら、汚れもつかないでしょ」

「ですが、そこは木の根元で、土に湿り気があるんでさあ。いく分伸びた爪にも、泥が詰まっちゃなかったですし、誰か別の者が書いたとしか思えねえ」

「なるほど」

　ふーんと、音乃は鼻息をついてうなずきを見せた。

「そうなると、殺した人が書き残したってことになりますね。ですが、下手人がわざわざ手がかりを残すことがあるでしょうか？」

「そいつが、なんとも分からねえです」

　長八とのやり取りで、音乃はここが切り出しどころだと思った。

「ちょっと、よろしいですか？」

「へい」

　長い顎を引いて、長八がうなずきを見せた。

「実は、わたしにその『七』という数に心当たりが……でも、まだ関連があるかどうかまったく分からないので、黙っていたのですが」

「どんなことで？」

　長八が、長い顎の先を撫でながら訊いた。興味が湧いたときの、長八の癖であることを音乃はよく知っている。

「実は、わたしが手がけているのは、まさにその『七』でして」

「七といえば、七福神で？」

「いえ、そうではなくて……親分、『七狼隊』って、聞いたことがありますか？」

「いや。聞いたことがありやせんね。どんな字を書くんで？」

「七匹の狼の群れって。長八親分が知らないってことは、やはり最近になってはびこり出したってことね」

「音乃さんは、その七狼隊ってのを探ってるので？」

「そう。きのう親分が浜町で声をかけたでしょ。あのとき、その頭目を追ってたんですよ。どこのお屋敷に入っていくかを知るために」

「そんな大事なところを……とんでもねえことをあっしはしちまった」

「もういいって、言ってるでしょう。それだけ知れれば、充分ですから。それと、わたしが田所町に行ったのも……」

音乃は、理由《わけ》を語った。そして、それからの七狼隊の動きを、漏らすことなく長八に告げた。

「それが、今度の……？」

長八には、北町奉行との関わりは話してはいない。だが、長八に語る頃合いであろうと、音乃は打ち明けることにした。

「もう、長八親分になら話してもいいと思うの。これまでの事件でも、いろいろと関わってもらっているし。むしろ、知っておいてもらったほうが都合がいいかも」

「あっしには、薄々分かってます。ですが、それがどこから出てるのかは知らなくてもかまいやせん」

「いいえ、これからも手伝っていただくからには、親分にも知っておいていただいたほうが、わたしたちも動きやすいですし。親分の、口の固いのは筋金入りですから」

「分かりやした。絶対に口外いたしやせん」

「わたしたち、北町奉行の榊原忠之様からの密命で動いているのです。筆頭与力の梶村様がつなぎとなって、わたしたちに指図を。ですが、お奉行所の方々でこのことを知っているのは誰もいません。ええ、高井様も」

「やはり、そういうことでしたかい」

音乃から話を聞いても、長八に驚きの表情はない。むしろ、得心したとのうなずきが返った。

「そんなんで、長八親分も北町影同心の一員。これは、亡き夫真之介さまが、親分を味方につけろと、あてがってくれたものと思ってます」

「そうでやしたか。どうりで音乃さんが、真之介の旦那に見えたときがあったと。そんときは、閻魔《えんま》の魂が乗り移ってやしたのですね。旦那を、思い出しちまった」

長八の、しんみりとした口調であった。

音乃は、与力梶村から下った案件を、最初から順序を追って長八に語った。

「まったく、どうしょうもねえ奴らですね」

話を聞き終え、長八の、吐き捨てるような口調であった。

「きのう、お峰さんからご実家の話を聞いたけど、それも七狼隊の仕業ではないかと」

「それに、きっと間違えねえでしょう」

音乃の言葉に、憤りがこもる長八の返しであった。

「それで、音乃さんはそいつらを見つけ出して、どうしようと思ってやすんで？」

「それが、親分。きのうだけ追ってみると、どうもやってることが子供じみてるのですよね。それは悪いことですよ、他人を脅して金銭を巻き上げるなんて、とても許されることではありません。ですが、徒党を組まないと、何もできない人たちのようで」

音乃は、いくつかの例を出して言った。

「源三さんみてえな、おっかねえ顔に弱いのですかい？」

　この場にいない源三の顔を、長八は引き合いに出した。

「ええ。源三さんを見たら、おそらくあの子たち、蜘蛛《くも》の子を散らすように逃げていきますわ。とにかく、親の威光を笠に着ないと威張れない馬鹿息子どものようです。お奉行様からは『――取り返しのつかなくなる前に、なんとか穏便に始末せよ』とのお達しなのです」

「穏便に始末せよってことは、簡単なようで難しそうですね」

「長八親分にも、そう思えますか」

「ええ。それだけでもお家がかなりの大身にも思えやす」

「みんな、幕府の要職についているお方の息子たちと思われます。家名が出る前に、片づけろとの仰せでしょう」

「あっしが、あのとき声をかけなければ……」

「もういいからと、なんども言わせないでくださいな、親分。それに、おかげでもっと大事な話を聞けましたから」

「大事な話とは……？」

「親分が言ってたではないですか。茂兵衛さんの指先に書かれた『七』の文字。それが七狼隊と関わりがあるかどうかは、今の時点ではなんとも言えません。ただ、やたらと出てくる文字でもないでしょう。これは、どこかでつながりがあると思っておいたほうが賢明かと」

大和屋茂兵衛殺しと七狼隊。どんな関わりがあるのかと、そんな思いが、音乃の脳裏を駆け巡る。ぼんやりとした中に、一筋の光明を見い出したような音乃の心持ちであった。

「その『七』というのが、大きな意味を持ちそうな気がしやすね。七狼隊の七だとしたら、いったいどんな意味があるんでやすか」

長八が口にするも、その先はまったく闇の中である。

「殺しは、七狼隊の仕業なんですかね？」

「いえ。それはなんとも、分かりません。あの人たちには、そんなことできる人はいないと見ていますが、見かけによらぬとも考えられます。亀島橋の手前で、わたしを襲った者は腰が砕けててだらしなかったけど、やれとけしかけた仲間の声は、陰にこもった響きがありました」

「よりによって、音乃さんを襲っても敵《かな》わねえでしょうにねえ」

呆れ返ったような、長八の口調であった。

「それにしても、なんで現場に七という文字を残していたのか？」

音乃は、眉間《みけん》に皺《しわ》を寄せて考えている。

「まあ、いいわ。そのことは、いずれ分かることでしょうから。いずれにしても、長八親分と一緒にやらなくてはならなくなりそうね」

「ええ。ずいぶんと、関わりができたようでやすねえ」

長八が、顎《あご》を撫でながら言った。

二

事件の全容は大まか知れた。あとは、どう解決していくかとなる。

――源三さんにも手伝ってもらおうかしら？

もし、茂兵衛殺しと七狼隊に関わりがあるようだったら、とても長八と二人ではこなしきれない。

「七っていう文字は……」

今、音乃の気持ちは、別のほうに向いている。そこに、長八からの声がかかった。

「あっ、ごめんなさい」

音乃は詫びを言って、気持ちを事件に戻した。

「その七って文字は、もしかしたら誰かを陥《おとしい》れようとして書いたんじゃねえですかね？」

「大いにありうることでしょうね」

「あっしはどうも、その七狼隊ってのが気になってしょうがねえんで」

「でしたら、これからお峰さんのご実家に行ってみませんか。いや、それよりも……」

音乃は昨日訪れた、品川裏河岸の居酒屋のほうが先だと思い直した。そこの主が源三みたいに恐い顔をしている。七狼隊は、その居酒屋にたびたび出入りしていると伊ノ吉という男が言っていた。音乃はそのことを、長八に語った。

「さいですねえ。かかあの実家よりも、そっちのほうが七狼隊の実態をつき止めるのは早そうですね」

そこに、障子戸を開けて源三が入ってきた。

「今、戻ってきやした」

「お疲れさまでした。それで、源三さん……」

源三が戻ってきたら、手伝ってもらおうと音乃は頼むつもりであった。だが、源三の鬼瓦のような顔が歪み、渋い表情を作り出している。

「どうかなされました？」

「いや、どうもこうもありやせん。面目ねえ、何か事件があったようですが、このたびは、あっしは首をつっ込むことができやせんで」

「何か、ございました？」

申しわけなさそうに頭を下げる源三を、むしろ音乃のほうが心配をした。

「へえ。一月《ひとつき》ばかり、舟玄を離れなくちゃならねえことがありやして。浅草《あさくさ》のほうに、行ったきりとなって影の仕事のほうは手伝うことが、ちょっと……」

言いづらそうな源三の気持ちは、音乃には痛いほど分かっている。

「源三さんにとっては、権六親方の用件のほうが大事です。源三さんに、お手伝いいただけないのはすごく痛手ですけど、そうは言ってられません。こちらのほうは、長八さんとなんとかしますので、どうぞ気になさらず、そちらのお役に立ってくださ い」

「申しわけねえ……」

源三が頭を下げたところで、権六が入ってきた。

「音乃さん、申しわけねえ。のっぴきならねえ事情があって、どうしても源三に行ってもらわなくちゃならなくなった。なんですか、大事《でえじ》なことと察しやすが、今度だけはそうもいかねえんで。なんとも無理は承知で、ご勘弁願いてえんで」

畳に手をつき、権六は頭を下げた。

「親方、頭なんか下げないでくださいな。こちらこそ甘えてばかりいて、申しわけないと思っているのですから」

「いや、とんでもねえ。巽の旦那や音乃さんたちを助るために、源三はここにいてもらってるってのに、こっちの都合が邪魔をしちまう。こんな申しわけねえことは、ありゃしやせん」

江戸っ子の名折れだとばかりの、権六のもの言いであった。

丈一郎が病で動けず、頼みの綱の源三が抜けるとあっては探索が厳しくなる。だが、舟玄に無理は言えない。

「今回は、長八親分と一緒にやりましょ」

「長八親分でしたら、鬼が金棒を持ったようなもんですぜ。親分、あっしの分も頼みやすぜ」

「任しといておくんなさい」

源三の頼みに、長八は胸を張って応えた。だが、その長八もすぐに抜けることになるのだが、今は誰も予想できることではかった。

音乃と長八が、船宿舟玄を出たのは正午を報せる鐘が鳴る少し前であった。向かう場所は、日本橋川沿いの品川裏河岸にある居酒屋である。酒を呑ませる店なので、この刻に開いているかが気になるところだ。

そこまでは、霊巌島から八丁堀をつっきり、日本橋を渡るのが近道である。

「ちょっと、家に寄ってきますから」

舟玄から一町のところに、巽家はある。義母の律に、行き先を告げるため音乃は立ち寄ることにした。手前、十間ほどまで来たときであった。巽家から出できた男に、長八のほうが見覚えがあった。

「おい、平次《へいじ》じゃねえか」

格子柄《こうしがら》の小袖を尻っぱしょりして、黒い股引《ももひき》で足の寒さを凌ぐ格好は、長八子飼いの下っ引き平次であった。まだ、二十歳にも満たなそうな若者である。

「親分……」

「なんで、ここにいる？」

「女将《おかみ》さんが、霊巌島のほうに行ってると言ってやしたんで、もしかしたらここじゃねえかと」

女房お峰に長八は、巽家に行くとは言っていない。だが、このように下っ引きが急用をもたらすこともある。そのために、どこの方面に行っているかを、残しておかなくてはいけない。

「……さすが長八親分の乾分《こぶん》だわ」

霊巌島と聞いて、平次は勘を働かせたものと思われる。音乃の呟きは、平次を褒めたものだ。この、平次だけには巽家のことを話してあると、以前長八は言っていた。

「それで、用件は？」

「高井の旦那が、至急に親分を捜してきてくれと」

「旦那は、どこにいる？」

「八丁堀組屋敷の、辻番で待ってると。九ツ半までは、そこにいると言ってやした」

「すまねえが先に行って、すぐに行くと言っといてくれ。ただし、ここに来たってのは……」

高井にも、巽家に出入りしていることは内緒である。影同心に対しては、長八はそこまで気を回していた。

「心得てやす。それじゃ音乃さん、失礼しやす」

音乃に向けて小さく頭を下げると、平次は速足で去っていった。

「親分、すぐに行ってあげたらいいわ。おそらく新たな事件が起きたものと……」

「そうなったら、音乃さんに付き合えませんね」

「わたしのほうは心配しないで。とにかく、お役目のほうが大事」

「こっちの仕事も、えらく大事と思われますがね」

「お武家が絡んでいるから、町方では難しいかも。とにかく、急いで行ってあげてください」

「分かりやした。何かあったら、すぐに報せやすんで」

平次のあとを追うように、長八も駆け出して行く。音乃は姿が消えるまで見送る。

嫌な予感が、音乃にはあったのだ。

「……源三さんに加え、長八親分もいなくなったらどうしよう」

頼りの丈一郎も、当分動けそうもない。弱気が音乃の口から吐いて出た。

「一人でなんとかしなくちゃ」

少し気持ちを持ち直し、音乃は家の中へと入った。すると、すぐに律が戸口に出てきた。

「今しがた、長八親分の……」

「ええ、外で会いました。急用があると呼びに来られまして」

「それと、そのすぐ前に……」

「何かございましたか？」

律の言葉を遮るように、音乃が訊いた。

「お目付の天野《あまの》様のご使者がまいられて、音乃に役宅まで来ていただきたいと。夕刻には戻っているそうです」

若年寄《わかどしより》支配の目付は、旗本や御家人を監察し、統率する役目にある。目付で音乃が知っているのは、天野又十郎《またじゅうろう》一人である。今は亡き巽真之介と一緒になる前からの知り合いであった。

「天野様が……？」

幕府目付十人衆の一人である天野又十郎は、北町奉行榊原忠之や大目付井上利泰《いのうえとしやす》の盟友で、音乃たち影同心の力強い味方であった。これまでも、天野の助けを借りて、いくつかの事件を解決している。

それでも、天野から呼び出されたことは、これまで一度もない。事があるたび相談したいと役宅にうかがうのは、音乃のほうからである。

「いったい、何かしら？」

　天野からの呼び出しは、まったく音乃には想像すらできない。夕刻といえば、

　夕七ツ過ぎであろう。二刻もあれば、昨日行った品川裏河岸の居酒屋に行き、天野の役宅に向かえるだろう。天野の役宅は、音乃の実家がある築地《つきじ》にある。その順序を、音乃は追うことにした。

「これから日本橋まで行って、それから築地に向かうことにします」

「そんなに動いて大丈夫なの？」

「はい。どうやら、一人で動かなくてはならなくなったみたいで……」

　律に対して余計な言葉であったと、音乃は口にしたあと後悔した。

「どういうことなの？」

「いいえ。どうぞご心配なく。それよりお義父さまの看病、お義母さま一人に押しつけてごめんなさい」

「夫の面倒を見るのは、当たり前でしょ。それよりも、音乃が疲れでもって倒れるほうが気になるわよ」

「わたしのほうは、ただひたすら歩くだけですから。かえって、体が丈夫になります。なんですか、このごろ足が太くなってきたみたいで」

「ならばよろしいのですけど」

心配顔の律に見送られ、音乃は家に入ることなく外へと出た。

八丁堀組屋敷の中を通り過ぎる途中に、辻番所がある。武家屋敷の治安を守るために配置された、警備体制である。八丁堀を通り抜け、日本橋に行くにはその辻番所の前を通ることになる。

音乃が、番所の手前まで来たときであった。

「……長八親分」

長八と高井が、並んで番所から姿を現した。長八も、音乃の姿を認める。

「旦那、ちょっとよろしいですか？」

「どうしたい？」

「音乃さんが……」

高井の顔も、音乃に向いた。その高井に向けて、音乃は軽く会釈をした。

「ちょっと、音乃さんに挨拶をしてきやす」

「早くしろよ」

元は真之介の下についていた岡っ引きなので、高井が怪しむことはない。長八が音乃のもとへと近づいてきた。そして、小声で語りかける。

「申しわけねえ、音乃さん。別の事件に……」

「分かってるわ。わたしのほうはいいから、そちらを……ほんと、気にならないで」

恐縮する長八を、音乃は早口で宥《なだ》めた。

「その事件てのは、つまらねえ……」

「いいから、早く。高井の旦那が、不機嫌そうな顔をしてるわよ」

「面目ねえ」

と言い残し、速足で長八は音乃のもとを離れていった。音乃の勘は的中し、これで一人でやらなくてはならなくなったことを実感する。

「となると、大和屋茂兵衛さん殺しは、誰が探るのかしら？」

これまでは、長八が任されていた。だが、つまらないという事件で呼び出されて、長八の手が離れた。武家が絡んだ殺しの事件より、町人同士の諍《いさか》いのほうが大事なのであろう。北町奉行所が投げたとあっては、茂兵衛殺し事件に携わる者は誰もいない。

「わたしが……？　いえいえ、指図を受けてないのに、そこまではできないでしょ」

ブツブツと独り言を吐いて、音乃は自分に言い聞かせる。

「それよりも、七狼隊のほうをなんとかしなくちゃ」

当座、音乃は頭の中から、茂兵衛殺し事件を取り除いた。急がないと、天野からのお呼びに間に合わなくなる。

「そうか、天野様のほうからも何かありそう。うわっ、ほんとに独りでできるかしら？」

目付天野からの用件は、まったく想像がつかない。だが、手間のかかることであるのは違いなかろう。それが頭によぎった音乃は、ふーっと大きなため息を吐いた。

「……ため息なんか、吐いている場合じゃないわ。とにかく、やらなきゃ」

歩きながら、音乃は自分を鼓舞した。

三

日本橋を渡ると、すぐに左に曲がる道がある。

きのう来た品川裏河岸の居酒屋『呑清』の前に立つも、縄暖簾《なわのれん》は出ていない。油障子を開けようとするも、つっかい棒がかかっているか動かない。

「中にいるのかしら？」

内側から戸締まりをするなら、中に誰かいなくてはおかしい。もう、昼はとっくに過ぎている。まだ寝ているってことはないだろうと、音乃は障子を三度ほど叩いた。だが、返答はない。内部が、さほど広くないことは音乃も分かっている。板場の奥が住まいになっていそうだ。「そうだ、裏戸があるはず」と、音乃は路地を入って店の裏側に回った。すると案の定、幅が三尺ばかりの引き戸があって、それが店の裏口であった。戸締まりをするなら、こちらも閂《かんぬき》かつっかい棒がかかっているはずだ。音乃はそれを承知で、引き戸を動かした。

「……おや、開いたわ」

すんなりと開いた裏戸に首をつっ込み、音乃は声を投げた。

「ごめんください」

外の光は、一間《いっけん》先までしか届いていない。その先は、行灯《あんどん》の明かりさえない暗闇であった。

「どなたも、いないのですか？」

さらに声を投げるも、返事は聞こえてこない。

「お留守のようね」

料理の具材の調達に出かけたとは、充分に考えられる。居酒屋なので、店を開けるのは夕方なのであろう。すでに八ツの刻は過ぎている。四半刻ほど前に、時を報せる鐘の音を聞いている。主の帰りを待つかどうか、音乃は迷った。どうしようかと考えながら、引き戸を閉めたところで音乃は気づくことがあった。

「そういえば、きのうも同じ刻ごろ……」

正確にいえば、四半刻ほど昨日は遅く昼八ツ半ごろであったが、それほどのずれはたいした違いではない。たとえ店は開けてなくても、料理の仕込とか準備でもって内仕事にかかっているはずだ。具材の買出しならば、すでに済ませていなければ定時に店を開けることはできない。音乃は、そんなところに気が巡り、もう一度中に声をかけようと引き戸を再び開けた。すると、前よりもいく分暗闇に目が慣れたか、見えない物が音乃の目に入った。

「なんでしょう？」

ぼんやりとであるが、土間に横たわっているものがある。置き物とは、明らかに違うのは分かる。音乃がそう思ったとき、プンと鼻腔に感じるものがあった。血糊《ちのり》の臭いであった。

「もしや……」

音乃は一言吐くと、店の中へと足を踏み入れた。板場と四畳半の間に三尺幅の、裏口と店を結ぶ通路がある。店と生活の境は、長暖簾で仕切られている。主の遺体は、その暖簾の下にうつ伏せとなって横たわっていた。外の明かりがいく分差し込んで、状況はつかめる。

壁にも届いた血飛沫《しぶき》が、現場の凄惨さを物語っている。明らかに、一刀のもとに斬殺された様子であった。音乃は、遺体を見ても動じない。以前は、屍《しかばね》を調べるため、墓を掘り起こしたことがあるくらいだ。音乃はそっと、遺体を持ち上げ切り口をのぞいた。肩から脇腹にかけての、見事な袈裟《けさ》懸《が》けであった。かなりな手練の、犯行と見受けられる。

「酷《むご》い殺され方……下手人は、武士」

やくざの長脇差《ながどす》とも考えられるが、音乃はすぐに否定できた。反《そ》りの少ない長脇差では、こんな切り口はできないはずだ。それと、音乃の目にもう一つ目に入ったものがある。

「……これって！」

音乃の驚きは、むしろそこに向いた。殺された主の指先に『七』という文字が残されている。大和屋茂兵衛と同じ遺留の印であった。

「これは、わたしだけが知ってればいいこと」

その七という文字を、音乃は草履の裏で消し去った。そして、形跡を残さず注意しながら外に出ると、近くの自身番へと向かった。

「あのお店、まだ開いてないけどどうかしたのかしら？」

番人に向け、音乃はこう告げた。

「そういえばそうだな。いつもならもう暖簾は出てるはずなんだが」

「行って、見てきていただけないでしょうか？」

音乃から頼まれて、嫌と断る男はいない。

「よし、ちょっと見てきてやるから待ってな」

半町先の番屋からその店はのぞめる。番人が油障子を開けるが開かないと、裏に回った。そして間もなく、驚く形相で戻ってきた。

「ああ、ああっ……」

顎が外れたように口が開きっぱなしとなって、言葉にならない。

「どうかなされまして？」

「ここっ、ころ……殺されてる」

ようやく、一言が出た。それからというもの、番屋は大騒ぎである。三人いた番人は、役人に告げに八方に走り出す。ここにいたら、夕七ツまでに天野の屋敷に行けなくなる。報せもしたし、もうここには留まることはなかろうと、音乃は築地へと足を向けた。

七狼隊が、たびたび出入りする店での殺しであった。

これで、七狼隊が関わるのは大いに考えらえる。だが、音乃にはそれらの者の犯行とは思えずにいた。

根拠は二つある。

「一つは、あの残忍な手口……」

大和屋茂兵衛の現場は見ていないが、おそらく居酒屋の主と同じ者の仕業であることは間違いなさそうに思える。たとえ手を下した者が異なったとしても、一太刀の袈裟懸け斬りをできる者は、そんなにはいない。余程の手練である。はたして、七狼隊の誰かにそれができるだろうか。音乃が見る限り、そこまでの腕と残忍さは、誰も持ち合わせていないだろうと。だいいち、悪事でもやることが小さすぎる。

「それともう一つ、七という文字」

居酒屋の主の指先にも、七という字が読めた。

「もしかしたら、下手人を七狼隊と思わせる犯行かしら？」

七狼隊を、貶《おとし》めるための犯行。

「だとしたら、下手人は七狼隊のことを知っていて……」

音乃が語るのは、みな自分に向けてである。考えながら歩くので、歩みは遅くなっている。

「ならば、なんで人殺しまでして……？」

このとき音乃はふと思った。七という文字を消してきてよかったと、つくづく感じていた。茂兵衛殺しの『七』という文字も、知っているのは音乃のほかに、長八だけである。ほかに知っているのは、それを書いた者である。おそらく、下手人であろう。ならば当分の間は、捜索の手が七狼隊におよぶことはないと、わずかにも音乃は気持ちに余裕がもてた。

「だけど、わたし一人でもってどう手がけよう」

ここにもってきて、目付天野からどんな話がもたらせられるか分からない。それが重なると思うと、音乃には、歩く足がいっそう重く感じられた。

四

夕七ツを報せる鐘の音が聞こえても、まだ音乃は八丁堀川、通称桜川《さくらがわ》を渡ったところである。そこから天野の屋敷がある築地までは、まだ四半刻近くかかりそうだ。

「いけない、急がなくちゃ」

時の鐘を報せる早打ち三つが鳴って、音乃は足を急《せ》かせた。

息せき切って屋敷に着いたものの、天野の戻りはまだであった。

「殿の帰りは、七ツ半ごろになると思われます」

音乃が来たら待っていてもらえと、家来に指示がなされており、丁重な扱いで客の間へと通された。正座をして待つこと四半刻、玄関先が賑やかになった。天野又十郎の帰館を、音乃は外のざわつきで知った。

間もなくして、肩衣を取った熨斗目の小袖を着流した天野が、襖を開けて入ってきた。

「待たせたな、音乃」

「ご無沙汰いたしております」

畳に両手をつき、音乃は拝した。

「いいから、頭を上げなさい」

音乃は背筋を伸ばし、一間ほどの間をおいて、天野と向き合った。

「わざわざ、すまなかったの。ちょっと、音乃に火急に頼みたいことがあってな。これは、誰にも内密にしておいてもらいたいのだが……むろん、このことを知るのは、外部の者では音乃だけとなる」

「そのような秘め事を、わたくしなどにお話ししてよろしいので？」

「音乃だから、話せることなのだ。だが、聞いた以上は、どうしても引き受けてもらいたい」

そこまで言う天野に、音乃は断るわけにもいかない。しかし、いろいろと案件を抱え、音乃はわずかにうつむき加減となった。

「いかがした、音乃？　なんだか、いつもの精彩がないな」

「いえ……なんなりと、仰せつけくださいませ」

こうとなったら覚悟を決めたとばかり、音乃は大風呂敷を広げた。

「左様か。ならば、ありがたい」

ふっと、一呼吸発して天野が用件を切り出す。

「音乃は、七狼隊という徒党を組んだ馬鹿な奴らがいるのを聞いたことがあるか？」

いきなりであった。

「えっ！」

驚く声が真っ先に出た。天野と会う前までは、そのことで頭が一杯だったのだから、驚くのは当然といえば当然である。

「その様子じゃ、知っておるようだの。どこまで、七狼隊のことを知ってる？」

天野が、一膝乗り出して訊いてくる。その勢いに、音乃は身が引く思いとなった。

「かなり、町人たちをいたぶっておりますようで。その被害の実態を、いくつか聞いております」

「そうか。やはり、知っておったか」

腕を組み、思案するように天野は体を元の位置に戻した。与力梶村からの指図だと語るかどうか迷ったが、音乃は先に天野の話を聞くことにした。

「どうやら、お武家の三男、四男という家督継承順位からは遠ざかる、いわゆる冷や飯食いたちが集まっての愚行だと存じています。お目付様もそこまでご存じであると思われますが、なぜに七狼隊を……？」

「野放しにしているかと、音乃は言いたいのだな？」

「左様で、ございます」

「ちょっと、できぬ事情《わけ》があって……いや、目付が事情なんて言っておられん、これは私事が絡むことなのだ」

「私事ですか？」

「そうだ。これを言わぬと、話がはじまらんな。実はの、その七狼隊の一味の中に、身内が入っておるのだ」

「なんですって！」

「音乃が驚くのは、無理もない。その身内というのは、わしの妹の三男で、甥《おい》に当たる者だ。十六になって元服を済ませたものの、どうも素行の悪い男に育ってしまった」

「ならば、いかがしてお目付様がご説教をなさらないのでございましょうか？」

「できるものならというよりも、わしもごく最近そのことを知ったのだ。どうやら、説教では治まらないところまで、きてしまっているようだ」

「北町のお奉行様はこのことを……？」

音乃は、考える様子を見せた。すでに、指図は下りているものの、北町奉行榊原を通り越して天野の話を聞いてよいものかどうか。越権に当たらぬかどうかを、音乃は案じた。

「この話は、実はお奉行の榊原殿から聞いた事なのだ。当初、榊原殿は甥のことはご存じではなかった。甥が絡んでいると知ったのは、こちらの調べによってだ。そこで逆に相談をかけたのだ。するとお奉行は、音乃に話しをされたらどうだと言われた」

それを知っていて、榊原は梶村を通して命《めい》を下されたのか。となると、北町奉行の公認となる。音乃は『――穏便に始末を』と榊原が言った意味が、分かる気がした。

――お目付様の役に立ってやってくれと……。

おそらく、暗にそんな思いが込められていたのだろうと、音乃はそう考えることにした。しかし、旗本の子息たちが仕出かす愚行だけに、そこは慎重を期さなくてはならない。

「それで、お目付様の甥御様と申されますのは？」

考えれば、音乃はまだ誰一人として七狼隊の一味の名を知らないのだ。

「あやつに、さまなどとつけなくてもよいぞ。それで、甥の名は冬馬と言ってな……」

「……冬馬？」

どこかで、聞き覚えのある名であった。

「知っておるのか?」

「いえ」

自分を襲った名を思い出したが、音乃は伏せておいた。

「父親は山内甲太夫《やまうちこうだゆう》という作事奉行配下にあって大工頭《だいくがしら》を仰せつかり、城中普請の大工棟梁《とうりょう》を束ねる役職にある男だ。わしの妹が、山内家に嫁いで馬鹿息子を産んだのだ」

身内の愚行に苛立《いらだ》つのか、天野の言葉が投げやりとなって、音乃の耳に届いた。このとき音乃の頭は、別のほうに傾いていた。

――作事奉行配下って……。

作事奉行の屋敷に行った帰りに、大和屋茂兵衛は殺されていた。仕事も、建築普請の斡旋仲介をする手配の元締めである。ここに、またも重なりがあった。そんなことを音乃が考えている間にも、天野の語りがつづいている。

「そんな奴らの阿漕《あこぎ》な行いが明るみに出たらと思うと、迂闊《うかつ》には手が出せんでな。それで、榊原殿も音乃をと思ったのだろう」

「その冬馬さんの、お顔の特徴は……?」

音乃は、七狼隊全員の顔を見ている。冬馬がその中にいるかどうかを、まずは確かめたかった。

「冬馬はまだ十六の子供だ。顔の特徴といえば痩せてもおらず、太ってもおらず。極々そこいらにいる若者と同じで、まったく個性といったものがない。説明するのに、難しい顔だ」

天野自身が、難しい表情となった。顔を顰《しか》め、懸命に冬馬の特徴を思い出そうとしている。やがて、思いついたように、音乃に顔が向いた。

「そうだ、しいていえばこのあたりに古い傷痕があったな」

天野が、自分の顎を指で差している。

――やはりあれが、目付様の甥御……。

音乃が驚かないのは、予測ができていたからだ。柄《つか》の目釘《めくぎ》が弛《ゆる》んだ刀が、カタカタと音を鳴らしていたのを、音乃は思い出した。

「子供のころに転んで怪我をしての、そのときにできた傷であった」

はっきりと冬馬の顔を音乃は見たわけではない。だが、天野が言うその古い傷痕だけで、充分であった。それと、冬馬という名もかすかに耳にしている。

「その冬馬さんと、お会いできませんでしょうか？」

音乃は、冬馬を手がかりとして選んだ。

「もちろん。会うというより、捕らえてもらいたい。できれば、七狼隊全員をな」

「そこで、お目付様にお尋ねしたいのですが……」

「なんなりと、言ってくれ」

「もし、その七狼隊を捕らえたとしたら、わたしくしは、いかような計らいをしたらよろしいのでございましょう？」

「そうか。そこまでは、まだわしは考えておらなかった。どうも、身内の不始末ということにだけ頭がいってしまっていたようだ。目付として、なんとも情けないものだ」

目付役として、数々の手柄を立ててきた天野であるが、やはり人の子であると思えて、音乃はどこか安心する心持ちとなった。

「そうだな。まずは、あやつらの悪事を洗いざらい暴きたて、わしに報せてほしい。これまで、迷惑をかけた町人にはそれなりの手は打つし、七狼隊にはそれだけの処罰を下すつもりだ。だが、それぞれの家名だけは、外に漏れてはならん。音乃はそれを、わしらの保身と考え不快と思うだろうが、どうしてもここは秘めないといけない。それがために、親の責任を問われ役目が解かれたら、幕府の政《まつりごと》にとってかなりの痛手となるからの。馬鹿息子たちのために、そうとなってはならんのだ」

「お目付様のお気持ちは、お察しいたしました。ですが、悪事といってもお家を潰すほどのことはしておりません。今のところは、せいぜい当人たちにきついお灸《きゅう》をすえればよろしいものと。しかし……」

「しかし……なんだ？」

音乃の顔の曇りに、天野の眉間にも縦皺が刻まれる。

「しかし、七狼隊にはもっと大変なことが待ちかまえているかもしれません」

「大変なこととは？」

「これはまだ、絶対の確信といったわけではないのですが……」

音乃は、天野にだけは話しておいてもよいと、事件を語ることにした。

「お話しする前に、これはまだお目付様だけのお耳にだけとしていただきたいのですが」

音乃は、いく分声音《こわね》を落とし、膝を半分繰り出し気味で言った。

「お約束、していただけますでしょうか？」

「約束とな？　できることと、できないことがあるが……」

「できることとして、お聞きいただきたいのです。そうでないと、親御様たちの保身どころではなくなると存じますので」

一大醜聞として讀売《よみうり》はこぞって書きたて、あっという間に江戸中に広まってしまう。関わりのある武家の失墜は、火を見るよりも明らかである。少なくとも、目の前にいる天野だけには、累《るい》がおよぶことがないようにしたいと、音乃は考えていた。

「それほど、大変なことであるのか？」

「まだ確信はございませんが、かなりなものと」

「約束をするから、早く話を聞かせてくれ」

天野が折れて、聞く姿勢を取った。音乃の体はさらに前屈みとなった。

五

音乃は、大和屋茂兵衛殺しの一件を、まずは語った。

「大和屋の事件ならば、まずは北町奉行所に持ち込まれ、その後武家が絡むということで、目付の大河原《おおかわら》殿に委ねられたと聞いたな。下手人が今もって分からず、かなり難儀をしているようだ」

これで、長八の手が茂兵衛殺し事件から離れた理由《わけ》が、音乃には知れた。

「その事件が、七狼隊と関わりがあるとでも、音乃は申すのか？」

「大ありのような気がしているのは、この世の中でまだわたくしだけだと思われます。ですので、ご内密にと」

「どういった、意味だ？」

「大和屋茂兵衛さんの遺体のそばに、下手人が残していった痕跡があったのです」

「痕跡とは？」

「遺体が向けた指先の地面に『七』という文字が書かれていたそうです。それは、最初に検視をした、知り合いの岡っ引きの親分から聞きました。お目付の大河原様配下の方たちが、それをご存じかどうかはなんともいえませんが。おそらく気づいていたとしても、それだけで意味までは解けないものと」

目付配下に知られているのは、大いに考えられる。町奉行所から探索が移行されたとき、その引継ぎとして高井の口から語られるのは、ありうることだからだ。

「ただの『七』だけでは、どんな意味か分からぬだろうな」

「ですが、七狼隊のことが知れ渡りましたら、一番に疑われるところと。大河原様の手がそちらに回る前に、なんとかしないといけません。もっとも、もう知れているかもしれませんが」

「そいつは、まずいな。だが、音乃はなぜに茂兵衛殺しと七狼隊を、すぐに結びつけることができたのだ？」

「いろいろな符合があったからです。ですが、つい先ほどまでは、それは単なる勘にしか過ぎませんでした」

「つい先ほどって、何かあったのか？」

「はい。先ほど、新たな殺しの現場を見てまいりました」

「なんだと！」

天野の、この声は大きかった。屋敷中に響いたか、廊下を伝わる足音が聞こえてきた。

「殿、何かございましたか？」

襖越しに、家来の声がかかった。

「いや、なんでもない。いいから、下がっておれ」

足音が遠ざかるのを待って、音乃は、品川裏河岸の居酒屋で見てきた様をそのまま語った。自分が発見者だとも、言葉に添える。

「そして、主のご遺体の指先にも『七』という文字が残っておりました」

「なんで、音乃はそんなところに……？」

「七狼隊の一味は、昨日その居酒屋に集まっていたのです。もっと詳しく調べようと、赴《おもむ》いたところにその惨状でございました。もうこうなると、七狼隊が関わりないとは申せません」

「とんでもないことをしてくれたな、冬馬たちは。こいつは、黙ってはおれんぞ。もう、保身とかの問題ではない」

「いえ、お目付様。落ち着いて話のつづきを聞いてくださいませ」

片膝を立てて天野がいきり立つのを、音乃は宥めた。

「どういうことだ？」

「これは七狼隊の仕業ではないと、今のところわたくしは考えております。そういうことで、七という痕跡は消しておきました。これは、わたくしだけが知っていればよいものと。ですから、どんなことがあっても口外なさらないでいただきたいのです」

「承知した。絶対に言わぬから、安心……というよりも、よく気づいてくれた。さすが、榊原様が懐に入れておきたいといってる意味が分かる気がした」

大きく天野はうなずき、安堵する表情となった。

「だが、七狼隊でないという根拠は……？」

「あんな蛮行ができるかどうかは別としまして、犯行を仄《ほの》めかすほどの勇気は、どうもあの七人に備わっているとは思えません。一つ考えられるには、誰かが七狼隊の愚行を利用して、誰かを陥《おとしい》れようとの裏があるのかもしれません」

「誰かが、誰かを陥れると？」

「はい。まだ想像の域ですが、これらの事件の根幹はそこにあると、考えてもおかしくないと。そこで符合することが……」

「符合とは？」

天野は身を乗り出し、音乃の語りを遮る。

「まだ、確信を得たわけではございませんが、殺された大和屋茂兵衛さんは建築普請の手配師として、作事奉行の大平様とはかなりのご入魂《じっこん》のようでございました。端《はな》は、関わりがないと思ったのですが、冬馬さんのお父上が大工頭と聞きまして感ずるところがございました」

「大和屋殺しと作事奉行が、関わりあると……？」

言葉を途中にして、天野は思案顔となった。顔は上を向き、天井の長押《なげし》あたりを見ている。

「何か、お心当たりでも？」

「うむ……最近根も葉もない噂を耳にしての」

「噂とは……？」

「千代田城の天守が、再建されるという話だ」

千代田城は明暦《めいれき》三年に起きた明暦の大火によって、五層の天守は焼失した。武断政治から文治政治に移行した徳川幕府は、焼失を機に天守は必要ないと決断を下し、以後再築の計画が立てられることはなかった。戦国期の象徴とされる城の天守は、徳川の世の平穏を見るに無用の長物《ちょうぶつ》ととらえられていたのである。

「幕府は、天守を建てないというご方針のようですが」

「だから、噂だと申すのだ。騒いでいるのは、その特需にあやかろうとする建築普請に関わる町人たちだ」

「大和屋茂兵衛さんも……」

「ああ。その利権を得ようとする、一人であろう。なんだか、きな臭さを感じてきたな。火のないところに煙は立たんと言うでな」

「なんとなく、わたくしにも読めてまいりました」

「ほう、音乃には読めたか」

「茂兵衛さん殺しに関わりがあるかどうかは別としまして、そのような大普請となりますとその利権を得るのに、莫大な賂《まいない》が動くのではございませんでしょうか。となると、どなたかが煙を立て扇《あお》いでいるのではと」

「どなたかというのは、作事奉行ということか？」

「いえ、はっきりとはわたくしの口からはなんとも。ただ、そんな臭いがしてくると。そのことも、思案の一つに加えてもよろしいかと存じます」

「音乃がはっきりと言えぬなら、わしから言おう。大和屋茂兵衛殺しは、その者が出入りしていた作事奉行の大平が絡んでいるとな。そうではないのか？」

「その筋から探るのも一つかと。ですが、白か黒かはまったく分かりません。お目付様……」

音乃は一膝乗り出し、天野に近づいた。

「これはまだ、天野様とわたくしだけのお話としておきたいと。大河原様にはまだ……」

「もちろん、当然のことだ。だが、音乃では大身《たいしん》旗本である作事奉行は探れんであろう」

作事奉行は役高二千石の大身で、席次も町奉行と同じ芙蓉《ふよう》の間である。いかに音乃とて、太刀打ちできるところではない。

「そっちのほうは、目付の範疇《はんちゅう》だ。それとなく、わしのほうで探るとしよう。手下の徒目付《かちめつけ》に井筒小五郎《いづつこごろう》という、目端が利く男がおるでな、その者に関わらせることにする。むろん、内密でだ」

「それでは、わたくしは七狼隊のほうに探りを入れます」

「よしなに、頼む。だが、一つ分からんのは、なぜに呑屋の主が殺されたかだ。建築普請とは関わりないであろう？」

「はい。ですが、七狼隊とは関わりがあります。呑清に、出入りをしていたようですから。どこかで、何かのつながりがあるものと」

それも重要な事柄と、音乃は頭の中に叩き込んだ。

さらに、これからの互いの動きを確認し合い、天野とは半刻以上の長い語りであった。

暮《くれ》六ツを報せる鐘が鳴って、しばらく経つ。外はすでに夜の帳《とばり》が下りるころとなっていた。音乃はこれから、冬馬に会いに行かなくてはならない。

「それでは、これから冬馬さんに……」

言いながら、音乃は腰を浮かした。

「音乃一人で行くのか？」

「はい」

音乃が山内家を訪れるのは、初めてである。しかも、他人の家を訪れるには常識の刻限を外している。天野も、そこを案ずる。

「わしも一緒にまいろうか？」

「いえ。むしろ、お目付様がいないほうが、冬馬さんも安心して語れるものと。お任せいただけたらありがたいです」

「左様か。だが、見知らぬ者が武家の屋敷を訪れたとしても、簡単に中には入れてもらえぬぞ。そうだ、井筒もいっしょに行かそうか？」

「いえ、やはりわたくし一人で。お目付が絡んでいるとあったら、冬馬さんも……」

「井筒でも、おなじか」

「はい。その代わり、家紋のついた提灯《ちょうちん》をお貸し願えれば……」

音乃は、思いついた策を天野に語った。

「なるほど。音乃はそこまで考えておったか。本当に、徒目付としてわしの手元に置いておきたいくらいだ」

「お奉行様が、なんと申しましょうか？」

「いや。とんでもないと、こっちが叱られてしまう」

目付天野又十郎の、音乃への最大の賛辞であった。

六

音乃が天野の屋敷から出ると、あたりは闇が支配していた。

家紋の入った提灯を借り、音乃は冬馬が住む屋敷へと向かった。山内家の道順は、すでに天野との話の中で聞いている。天野の屋敷とは四町ほど離れた、同じ築地にある。霊巌島に帰る途中で、音乃には都合がよい。

築地の北側に架かる合引橋《あいびきばし》を目当てに進むと、新堀川《しんぼりがわ》沿いに、五家ほど旗本屋敷が並んでいる。山内家は、その中の一つであった。

正門は閉まっている。それでも脇門を押すと、すんなりと開いた。閂《かんぬき》がされていたらどうしようとの音乃の憂いは、これで消し飛んだ。しかし、冬馬がいるかどうかは分からない。家人の誰かの帰りを待つために脇門を開けているとしたら、それはおそらく冬馬だろうとの思いが、音乃にあったからだ。

大工頭は三百石取りと聞いているから、敷地も建屋も、音乃の実家と同じほどの拝領屋敷を賜っている。屋敷の配置も似かよっており、音乃はすんなりと玄関前に着けた。

奥に向けて、音乃が声を発しようとしたところであった。

「どちらさまで？」

背後から急に声をかけられ、音乃の心の臓がドキリと高鳴りを打った。振り向くと、中間《ちゅうげん》風の男が立っている。

「こちらのご子息である、冬馬様にお会いしたくてまいりました。お取次ぎを願いたいのですが」

「どちらさん……いや、これはご無礼をしました。少々、お待ちを」

慌てたように式台を踏んで奥に向かう中間を、音乃はうなずきながら見送ると、提灯の火を吹き消した。

「……やはり、天野家のご家紋は効果があった」

冬馬には、今は天野の介在を知られたくなかったが、この刻限に不審を抱かれずに会うにはこの方法しかなかった。しかし、その言い繕《つくろ》いは考えている。

やがて廊下を伝わる足音が聞こえ、玄関先に出てきたのは四十歳もいく分過ぎたと見える、奥方であった。天野又十郎の妹であり、冬馬の母親である。

「冬馬に用があると申すのは、そなたか？」

武家の妻女らしい、口の利き方であった。

「はい。わたくし音乃と申します。こちらのご子息である冬馬様に、火急にお会いしたく、まいった次第です」

「して、用件は？」

「冬馬様に、直接に会ってお話をしたいと。おられますでしょうか？」

「ところで、わらわの実家の家紋がついた提灯を持っていると聞いたが、なぜに？」

音乃の問いに答はなく、奥方としてはそのほうが気になるようだ。

「奥方様のご実家である、天野様にお目通りした帰りでございます。暗くなりましたので、提灯を拝借しました」

「兄上とお会いしてきたのか？」

「はい。それで、冬馬様に……」

「なぜに、目付である兄上が冬馬を？」

「そのことに関しましては、どなたにも口外してはならぬことになっております。たとえ、お母上様でも。直接冬馬様にお会いして、お訊きしたい儀がございますので。火急でもあることから、夜分に失礼とは存じましたが、おうかがいした次第です。冬馬様がおられましたら、お取次ぎを」

「冬馬が、何かやらかしたと？」

「いいえ。冬馬様がどうしたとかではございませんので、そこはご案じなく。むしろ、お力になっていただきたいと願うばかりでして」

「冬馬が力に……なれるかしら、あの子？」

「はい。十人力とまで言わずとも、七人ほどの力になれるかと。もしおられましたら、そのことだけをお伝えください。けして、お目付様のことはお口になさらないよう。内密ということを、お忘れなく」

「分かりました。お役目、ご苦労さまです……でも冬馬、帰っていたかしら？」

音乃を玄関先に待たせ、冬馬の母親は奥へと向かった。

天野家の家紋から咄嗟に思いついた言い訳は、どうやら効を奏したようだと、音乃はほっと安堵の息を漏らした。


待つことしばらく、奥方のうしろに若者が一人ついて玄関に姿を現した。

「冬馬ちゃん、このお方が……」

——冬馬ちゃんて。

子離れのできていない母親かと、この一言で母子関係を感じ取った。

顎に古傷があるところは、冬馬に間違いがない。

「拙者に用があるというのは……あっ」

冬馬の驚く顔に、音乃は得心できた。あの夜音乃は冬馬の傷痕しか分からなかった。だが、冬馬は音乃の顔を憶えていたものと見える。音乃は、微笑《ほほえ》みながら小さく首を振った。母親には、内緒よと。

「ご自分のお部屋でお話をするかえ？」

「いえ。拙者の部屋は散らかっておりますので、客間を貸していただけたらありがたいです」

意外と、冬馬の受け答えはしっかりしている。家では、真面目に振舞っているのだろう。

「左様か。ならば、音乃とやら、お上がりくだされ」

これほどすんなりと、冬馬に辿り着くとは思ってもいなかった。無駄な時をかけず、一刻も早く真相を知りたい音乃としては、これほどありがたいことはない。

冬馬の母親が先に立ち、客間へと案内をする。障子戸を開けると裏庭が望めるが、寒さもあって閉めきっている。

「さあさ、こちらに……」

八畳ほどの部屋の中ほどで、音乃と冬馬が向かい合って座った。「わらわも一緒に話を聞きますえ」と言って、冬馬の脇に母親が座った。あくまでも関与したいと、母親がくっついてくる。

「母上は、お引取りいただけますか」

邪魔だと言わんばかりの、冬馬の怒り口調であった。

「いや、わらわは冬馬ちゃんのことが心配なのじゃ」

——なんだか、息子が脇道に逸れるのが分かる気がする。

わが子への甘やかしを、音乃はもろに感じていた。

「そのご懸念にはおよびませんです、奥方様。お見受けしたところ、冬馬様はもう立派なお侍です。ここは、大事なお話がございますので……はい、どなたにも内密の」

「分かりました。ですが、冬馬ちゃんに何かあったら、このわらわが許しませんぞ」

「母上。もうよろしいから、早く下がってくだされ。拙者のことは、心配ご無用です」

きっぱりとした冬馬の口調に、渋々ながら母親が立ち上がる。そして、未練を残すかのように、振り向きながら部屋を出ていった。

「ごめんなさい、こんな時分に……」

ようやく話ができると、音乃は居ずまいを正して冬馬と向き合った。

「ちょっと、待ってくだされ」

冬馬は立ち上がると、廊下側の襖を開けた。すると、聞き耳を立てて母親がそこに座っている。

「盗み聞きとは、武家の恥ですぞ。もう、母上は心配しないでよろしいですから、どうぞ奥でごゆっくりとお休みになってください」

諭《さと》すような柔らかい口調で、冬馬が母親に説いた。その言葉から、とうに親離れは冬馬のほうはできているようだ。これも音乃にとっては、冬馬の一面を見る思いであった。

誰も邪魔がいなくなったところで、再び音乃と冬馬が向かい合う。

「これが初めてではないですよね？」

音乃の、冬馬との関わりはこの切り出しからはじまった。

「ええ。なんでここにいるんだと、玄関の三和土《たたき》に立っていたときは、かなり驚きました」

「そのことで、お話をうかがいに来たのです。その前に、わたしの名を……」

「母上から、音乃さんとお聞きしました。あの夜のことでしたら、このとおり謝ります」

冬馬は、両手を畳につけた。そして、言い訳を添える。

「ちょっと、度胸をつけようかと思いまして、あんなことを。はい、傷つけるつもりはまったくありませんでした。もっとも、敵《かな》わなかったですけど」

「別に、謝ってもらおうとここに来たのではありません。単刀直入にお訊きしますが、冬馬さんは七狼隊ってご存じですよね？」

「………………」

無言だが、にわかに冬馬の顔色が変わった。それを、音乃は見逃しはしない。

「ご存じというより、お仲間なのですね？」

畳みかけるように、音乃が問うた。だが、冬馬からの返事はない。

「お答はけっこうです。ですが、わたしの話を聞いてください」

一方的に、音乃は語りはじめる。

「今、七狼隊は大変なことに巻き込まれようとしています」

「……大変なこと？」

ようやく冬馬から、一言が漏れた。

「はい。下手《へた》をしたら、みんなそろって獄門台に上るような」

「なんですって！」

音乃の脅しは、効果覿面《てきめん》であった。冬馬が身をのけ反らして、驚く表情を見せた。

「七狼隊……あなた方の愚行は、みなお見通しです。一所懸命仕事に励む町人たちを脅し、金銭を毟《むし》りとるような浅ましい真似を、わたしは知ることになりました。それがどうやらみなさん、旗本のご子息たちと。世の中に、何を拗《す》ねるか分かりませんが、そんな軽薄な行動が大変なことになろうとしているのです」

音乃は、同じ言葉を二度使った。

「いったい、何を……？」

言葉は大人ぶっているが、精神はまだ子供のうちである。冬馬の顔面は、血の気が引いて真っ青であった。だが、この冬馬ならば、話を分かってくれるだろうと、音乃は意を強くして語る。

「でしたら、はっきりとお訊きします。あなた方のうちのどなたか……いえ、七狼隊は、お人を殺しませんでしたか？」

「今、なんとおっしゃいました？」

「人を殺さなかったかと、訊いたのです」

「とっ、とんでもない。人なんて、誰も殺しては……ええ、そんなことできる人は七狼隊には誰もいません」

首が千切れるくらい、冬馬が首を振って否定する。

「わたしも、あなた方の犯行とはこれっぽっちも思っておりません」

音乃は、指で輪を作り、そのほどを示す。

「あんな、柄の目釘が弛んでカタカタと音がするような刀で、人が斬れるわけがないですから。それに徒党を組まなくては、何もできない人たちでしょう。みなさん、推《お》して知るべしです。弱い人には強く、強そうな人にはからっきし弱いと、わたしには、はっきりと分かってます。あの夜は、わたしを弱い女と見て襲ったのでしょうね。なんでだか、分かりませんでしたが」

「ですから、度胸をつけるための修業でした。ですが返り討ちに遭い、あのとき音乃さんから腹を打たれ、脇腹の痛みが取れず二日も寝込みました。それにしてもお強いので、驚きました。音乃さん、あなたはいったい何者なんです？」

「そんなことはどうでもいいですけど、あなたたちを救いたいと思っているのだけは確かです。今すぐにもつまらない阿漕な真似は止めて、真っ当に戻るのでしたらわたしは力になります。そして、あなたもわたしの力になってほしいのです」

「力にですか……母上も、そんなことを言ってたようですが」

「そう。力にです」

丈一郎も源三も、そして長八すらもあてにできなくなった今、冬馬たちを味方につける以外に方策がない。

七

七狼隊を真っ当に戻すのと、大和屋茂兵衛と居酒屋の主殺害の下手人を挙げる両方を、同時に叶えようとするのが音乃の立てた策であった。

「でも、拙者たちでは……」

ためらう冬馬を、音乃はもう一押しする。

「このままですと、獄門台に登ることになりますわよ」

「拙者ら、人は殺してませんよ」

「でも、町人たちを脅かしてわずかながらも、お金を奪ったでしょ。町人ならともかく、武士がそんな恥知らずのことをしたら、切腹ものです。ご自害なさらないでも、お家が許さないはず、打ち首は間違いないでしょう。それと、わたしへの殺害未遂。それだけでも、充分死に値します」

音乃は少しばかり、脅かしを込めた。

「嘘を言ってどうします。なんでしたら、天野の伯父上《おじ》に訊いてみましょうか？」

「それだけは、ご勘弁を……お願いします！」

畳に手をつき、今にも泣き出さんばかりの、冬馬の声音であった。

「言わないから、安心して。でも、近いうちにお目付様にも知れることになります。その前になんとかしないと、伯父様に捕まりますわよ」

「どうしたら、よろしいので？」

「わたしと七狼隊で、人殺しを捕まえるの。それ以外に、みんなが助かる道はございません」

ここで、音乃は用意していた駄目を押す。

「そう。言い忘れてたけど、七狼隊は殺しの濡れ衣を着せられようとしているのよ。それも、二件の町人殺しで」

「ええーっ。まさか……？」

「まさかじゃないわよ。強奪の上に殺しが加わったら、もうあなたたちだけが処罰されるのではありません。お家にも累がおよび、お父上は切腹、お家断絶は間違いございませんでしょう」

「ほんとですか？」

「……なんて、ことを」

冬馬の嘆きは震えを帯び、顔面蒼白となった上に脂汗《あぶらあせ》が垂れてきている。

これだけ脅せばもうよかろうと、音乃は話を先に進めることにした。

「冬馬さん。あなた、日本橋は品川裏河岸にある、居酒屋さんを知ってる？　赤提灯に、縄暖簾のかかった」

「ええ。それでしたら『呑清』って屋号の居酒屋で」

「ご主人の名は？」

「清造《せいぞう》さんってお人ですが」

冬馬の口ぶりで、かなり馴染みの店だというのが分かる。

「よく行かれるのですか、あのお店？」

「ええ。たびたび……」

「若いのに、お酒なんか呑んで……そんなこと、この際どうでもいいけど。その清造さんが、殺されたの、ご存じでした？」

冬馬の顔は驚愕で引きつり、口が開きっぱなしとなって戦慄《わなな》いている。口を開けたまま首を振っている。何かしゃべっているようだが、言葉になっていない。

「その清造さん殺しも、七狼隊に罪を被せようとしているのです」

音乃の語りは、すべて冬馬にとって衝撃であった。気持ちが元に戻るには、しばらく時がかかりそうだ。それまで待っていられないと、音乃は冬馬を正常な状態へと引き戻す。

「驚いてばかりいないで。だから、あなた方の力が必要と言ったのです」

冬馬を見据え、音乃は口調を強くした。

「それで、この先どうしたらよろしいので？」

冬馬の顔色が戻った。これでよいと、音乃の語りは次の段に向かう。

「七狼隊の頭目って、誰なのです？」

「大平彦四郎《ひこしろう》って人です。十八になる、作事奉行様の四男です」

「……作事奉行」

これで結びついたと、音乃は大きくうなずきを見せた。

「その大平家って、西浜町にお屋敷が……？」

「よくご存じで。はい、永代島《えいたいじま》に少し寄ったところに」

「彦四郎さんに、あした会えないかしら？」

「あしたは、七狼隊が集まる日です。毎月、七のつく日に集まることになってますから」

「でも、きのうも集まってたでしょ？　瀬戸物屋さんを脅したあと、その香清さんでもって。冬馬さんは、そこにはいなくて、六人でもって」

「何から何までご存じなんですね。七のつく日は、打ち合わせでして、これからどこをどうして仕掛けるか計画を練るための集いなのです。ですから、その日は悪さはいたしません」

「どちらで、いつも集まるのです？」

「香清だけど……」

「本当に香清なの！」

音乃の驚く形相に、冬馬は不思議なものでも見るような、訝《いぶか》しげな顔が向いている。

「ところで、香清の清造さんと七狼隊の関わりって、いったい何があって？」

「それでしたら、清造さんは元お侍で、作事奉行の大平様にお仕えしていたらしいです。なぜに刀を捨てたかまでは、詳しいことは知りません。そんなんで、彦四郎さんとは……」

「なるほど。それで、香清が七狼隊のたまり場だったのですね」

「はい。ですから、あしたも……」

冬馬の答に、音乃は大きく首を振る。

「ねえ、冬馬さん。今、香清に近寄ったら、駄目。おそらくお役人が、下手人は誰だと血眼《ちまなこ》になって探しているから。そんなところにのこのこと行ったら、根掘り葉掘り訊かれ……いえ、評定所に送られて吟味にかけられるわ」

どこの目付配下が探索に携わっているか分からないが、天野でないのは確かである。

七人のうちの一人でも捕らえられたら、全員が芋づる式に挙げられる。そうしたら、茂兵衛殺しと清造殺しに、作事奉行の大平が絡むことが露呈する。それが、しいては莫大な収賄への話とつながる。そんな流れが、音乃の脳裏をよぎった。

――そうなると、天野様でも手に負えなくなる。一人でも、香清に近づけさせてはならない。

「それで、集まる刻限は？」

「昼四ツごろ。その刻に、香清の清造さんは誰もいない店を貸してくれるのです」

七狼隊の一軒一軒を訪れようと思ったが、この刻限では六軒も回るに間に合わない。

それに、当人が留守であったら万事休すだ。

「それよりも、日本橋の袂にいて、みんなが来るのを待ってましょ。わたしとあなたで、みんなが路地に入るのを止めるのです」

「分かりました。でしたら、半刻前には行ってます」

「そうしてください。それと、七狼隊の愚行を、清造さんは知ってたのですか？」

「いえ、知らなかったと思います。あの人の前では、みんな大人しくしてましたから」

強面《こわもて》には、弱い七狼隊である。それも分かると、音乃は小さくうなずき得心した。

「これまで、どれほどの数の商家を脅したり、お金を巻き上げてたのです？」

「数えると、まだ五軒ばかりです」

「まだって、五軒もあれば充分でしょ。それが、どちらだか憶えてますか？」

「小舟町の料理屋と田所町の呉服屋、それと日本橋数寄屋町の小間物屋に銀座町二丁目の蕎麦屋、あとは……どこだっけかな？」

「きのうの、瀬戸物町の瀬戸物屋さんでしょ。つまらない芝居を打《ぶ》って……」

「そうでした。拙者はいなかったので、思い出せなかった」

となると、みな音乃が知っているところである。

「これまでは、本当にその五軒だけなのですね？」

「はい。天地神明に誓って、ほかにはやってません。一つだけ、未遂はありますけど」

「それは、わたしを襲ったことでしょ。それを含めて、六件ですね？」

「ええ、はい」

「奪ったお金は、これまで全部でどれくらい？」

「拙者が知ってるのは、一両ばかり。それと、簪《かんざし》二本の万引きと、蕎麦代の無銭飲食……そんなもんですか」

七人で徒党を組んでのみみっちさに、音乃はふーっと大きなため息を吐いた。だが、そんな悪事の綻《ほころ》びが、これから途轍《とてつ》もなく大きくなろうとしている。

日本橋の、北詰の袂に朝五ツ半に落ち合おうと約束をして、音乃と冬馬の、この夜の話は終わった。


丈一郎の容態は、まだよくなっていない。

風邪が移ってはまずいと部屋にも入れてもらえず、音乃は五日も丈一郎とは顔を合わせていない。助言を仰ぎたいところだが、それもままならず音乃は翌日を迎えた。

日本橋に向かうため、音乃は朝五ツを報せる鐘の音を聞いて、その四半刻後に霊巌島の家をあとにした。

日本橋には、八丁堀をつっきって行く。細川越中守《ほそかわえっちゅうのかみ》中屋敷の前を流れる楓川《かえでがわ》に架かる新場橋《しんばばし》を渡り、新右衛門町《しんえもんちょう》の辻まで来たときであった。

「音乃さん……」

　自分の名を背後から呼ばれ、振り向くとそこに岡っ引き長八の姿があった。

「長八親分……」

「いいところで出会いやした。ちょっとばかり、よろしいですかい？」

「ええ、少しだけなら」

「お急ぎのようなんで、手間は取らせやせん。ですが、立ち話もなんなんで、あそこの番屋に……」

　十間先に、新右衛門町の番屋が見える。だが、冬馬と待ち合わせの五ツ半まではさして時がない。長八の表情も深刻そうだ。少しだけなら遅くなってもよかろうと、音乃は長八の話を聞くことにした。手間を取らせないとも言っている。

「ちょと場所を借りやすぜ」

　年老いた番人に断り、長八が番屋へと入った。そのあとについて、音乃も足を踏み入れる。

「音乃さんにだけ、ちょっと耳に入れておきたいことが」

　並ぶ形で上がり框《かまち》に腰をかけ、長八が小声でもって言った。

「きのう、音乃さんと品川裏河岸の居酒屋に行こうとしてましたね。だが、あっしはその件から手を引かざるを得なくなって。その事に関してはこのとおり……」

長八は、面目ないと深く頭を下げた。

「別に、そんなことはどうでもいいです。その居酒屋がどうしましたと？」

時が限られると、謝る長八の頭を音乃は元に戻した。

「もしや音乃さんは、そこの主が殺されたってのをご存じですよね」

音乃がその件を知っているような、長八の口ぶりであった。

「なぜにわたしが知っていると？」

「目付配下の役人が、七狼隊……」

「もう、七狼隊を探ってるのですか？」

「いや、まだ七狼隊のことまでは気づいちゃいねえようですが、若い侍が目をつけられているようで。たびたび、そこに集まっていた若侍たちが、怪しいとの垂れ込みがあって。それと、音乃さんのことも捜してるようで」

「なんで、わたしを？」

「あの居酒屋の裏から、別嬪《べっぴん》な女が出てきたのを見てた人がいやして。それって音乃さんだと、あっしだったらピンときやすぜ」

「実は、わたしが最初の発見者だったのです」

手間はかからないと思ったものの、話の具合からしてちょっと長くなりそうだ。長八に向けて、音乃はためらいもなく告げた。

「やはり、そうだったんですかい」

「目付配下が、音乃さんを血眼になって捜してますぜ。もちろん下手人とは思わんでしょうが、参考人としてどうしたって話を聞きてえでしょうから。おや、どうしやした？」

音乃の困惑した表情が、長八に伝わったようだ。

「これから、その近くに行くのです。七狼隊のみんなと、落ち合う約束で……」

「でしょうが、今は行かないほうがよろしいかと」

「そんなわけにはまいりません。逆に、どうしても行かなくてはならなくなりました」

逸《はや》る気持ちを音乃は全面に出し、立ち上がった。

「ならば、止めはいたしやせん。くれぐれも気をつけて」

「ありがとう。ところで、長八親分は、この件を探っておいでで？」

「いや。この事件の町方は、南町が関わってやして……」

「でしたら、なぜにわたしのことを？」

「音乃さんが絡んでるとあっちゃ、そりゃ聞き耳を立てやすぜ。あっしが手伝ってあげられりゃ、なんとかうまくやれるんですが。生憎《あいにく》、これから行くところがありやして」

「いえ、こちらは大丈夫ですから親分は気にしないで。でも、今の話とても助かったわ。わたしまで捜されているとは、思いもしませんでしたから」

「それと、今朝になってまた高井の旦那が大和屋茂兵衛殺しを探ることになって。あっしが探ると言ったら、自分でやると。おそらく下手人が同じと思える事件に、北と南が別々に関わり、そこに目付配下も絡んで、わけの分からねえことになってやすぜ」

「だったらかえって都合がいいわ。こっちはこっちで、やりますから。どこが手柄を立てるか、競争ってところね」

「あっしは、音乃さんを応援しやすぜ」

「ありがとう、長八親分。さて、早く行かなくちゃ」

番屋から出て、音乃と長八は右と左に分かれた。お天道様の昇り具合からして、五ツ半に日本橋に着くのは間に合いそうもない。音乃は極力速足となって歩いた。

第三章　果てしない一日

一

日本橋通南一丁目から、目抜き通りを北に向かう。そこから日本橋北詰まで、およそ四町といったところか。太鼓橋《たいこばし》の頂上まで来れば、北詰を見渡せる。下りたところの辻に、冬馬が立っているのが見えた。音乃がいないかと、きょろきょろと周りを見回している。

大きな声をかけてあげたかったが、江戸でも一番の、人の賑わいがある通りである。さすがにそれは憚《はばか》られた。その分、駆けるようにして、さらに足の運びを速くした。

冬馬まで、あと半町と近づいたところで音乃の足は止まった。冬馬を、三人の侍が囲んだからだ。揃いの黒羽織に、平袴のいでたちは目付配下の徒目付《かち》たちか。天野の屋敷でよく見かけるような、雰囲気と気配を漂わせている。「……このまま行くのは危険」と、音乃は立ち止まって一考しようとするも、その余裕はまったくない。二人が冬馬の腕をもち、引き立てようとしているからだ。

「これはいけない」

音乃は一言発すると、後先考えず、日本橋を駆け下った。

「わたしの弟に、何をなされるのです？」

冬馬を連れていこうとする侍の背後から、音乃は大声を飛ばした。

四人が、一斉に振り向く。冬馬の顔が、安堵した表情に見えた。だが、目付配下たちの表情は、そろって厳しい。

「そなたは？」

「そちらこそ、どなた様方でございましょう？」

「拙者らは、目付沢村拓吾郎《さわむらたくごろう》様配下の徒目付である」

天野でも大河原でもない、沢村という目付が清造殺しの探索に関わっている。町方は南町と聞いて、この入り乱れ方はややこしい。

——さて、どこがお手柄を立てるのかしら？

と、音乃は心の中で苦笑《にがわら》った。

「この先で殺しがあっての、若侍たちがつるんでの犯行とみている。この者がその一味の一人ではないかと、近所の者に面通しをさせるのだ」

若侍と見たら、手当たり次第面通しをさせているようだ。このままでは、七狼隊が下手人《げしゅにん》に仕立て上げられる。しかし、目付の権限を翳《かざ》されたら、誰も拒むことはできない。音乃は、必死で抗《あらが》うことにした。

「でしたら、まったくのお門《かど》違いかと。弟は、人を殺《あや》めるような大それた男ではございません」

「ならば、面通しをさせてもよいではないか。この人は違うと言われれば、それまでのこと。さして、手間はとらせんからの」

「お疑いとあらば、冬馬、刀をお貸し」

返答も聞かず、音乃は、冬馬の腰から大刀を抜いた。いきなり刀を抜かれ、これには徒目付三人もさすがに驚く。

「何をいたすか？」

徒目付たちが、そろって刀の柄《つか》に手をかけた。往来での剣戟《けんげき》も、辞さぬ構えである。

「早まらないでくださいませ。こんな大勢人がいる中で、刀を振り回してどうなさりまする。それよりも、この刀をようくご覧ください」

刀を翳し、音乃が柄《つか》を振るうとカタカタと音がする。刃には、ところどころ赤茶色の錆《さび》も見える。

「こんな目釘《めくぎ》の弛《ゆる》んで、錆が浮かんでいる刀で、人が殺せますかっての。こんな人が、一刀のもとで斬り捨てるような人殺しをする若侍たちの、仲間だと思われますか？」

しかし、音乃の言葉にうなずく者はいない。逆に、首を傾げる者もいる。

「おや？　聞き捨てならぬことを申すな。一刀のもとで斬り捨てるなどと、誰も言っておらぬのに、見てきたようなことをよく言えるの」

音乃の口の滑りを、徒目付の一人がとらえた。

「もしや、町人が見た別嬪というのは、この女ではないのかの」

徒目付の一人が、音乃を怪しいと睨んでいる。

「一緒に、町人の面通しをさせたらいかがかの。番屋の番人にも、見てもらったらよかろう」

番屋の番人ならば、音乃のことをよく憶えているだろう。

ここで面通しをされたら、面倒臭いことになる。いや、それどころではない。最悪、七狼隊まで行きつくことになる。

――ここは、絶対に逃れなくては駄目。

音乃は、この窮地から逃れようと、頭の中を全回転させている。

二人が冬馬の腕をつかみ、一人は音乃のうしろについた。

「さあ、歩きなされ」

音乃のうしろについた徒目付が、背中を両手で押した。すかさず音乃は振り向き、烈火のごとく怒りを口にする。

「何をなされます！　おなごの体を、よくも素手でお触りになりましたね。なんといやらしくて、はしたない。お目付様ご配下のくせして、許されるとでも思っておられるのですか！」

音乃の剣幕に、五歩ほど先を歩く二人が立ち止まった。そして、戻ってくる。

「いかがした？」

「旗本、御家人をご監視なされるお目付役様のご配下ともあろうお方が、わたしの背中を両手でいやらしく、撫でるのです。昨今問題となってる、女性へのいかがわしいいやがらせ」

音乃は、大仰《おおぎょう》に言った。

「とんでもない。拙者は早く歩けと、押しただけだ。何も、変なことはしておらん」

「おとなしく歩き出そうとしているのに、なぜに背中を押す必要があるのです？　それに、押されたというより撫でられたという感触が……ああ、いやらしくて気持ち悪い」

「本当なのか、川倉《かわくら》どの？」

川倉という名を、音乃は憶え込んだ。

「いや違う。拙者は背中を……」

「冬馬。この川倉という徒目付のお役人、伯父上《おじうえ》に訴えましょう。婦女の背中をいやらしい手で触ったといえば、伯父上だって黙ってないでしょう。近ごろは、女性に対してわけもなく淫《みだ》らな……」

「分かったから、もうよい」

冬馬の右腕をつかんでいた徒目付が、音乃の言葉を止めた。何ごとがあったかと、周囲に人が集まり出している。

「ところで、伯父上というのは誰だ？」

「お目付の沢村様と同じ、目付十人衆に属するお方です。往来万人の前ですから、名は伏せさせていただきますが、川倉様の名はおそらく伯父上もご存じかと」

「お目付様の、姪御と甥御であらせられたか。ならば、殺しには関わりあるまい。大変ご無礼をいたした」

音乃の半分真実、半分方便が功を奏した。三人の徒目付が、品川裏河岸のほうへと引き返していった。

「助かったわね。あのまま連れていかれたら、お終《しま》いだった」

徒目付たちが遠ざかるのを見計らって、音乃が言葉にした。

「よかったです。さすが音乃さんと、感服しました。それにしても、相手をやり込める技がすごかったですね」

「ああいうのを、技というのでしょうか？」

おほほと音乃が笑声を発したところで、若い男の声がかかった。

「冬馬、見てたけど、何《わ》があった？」

「あっ、彦四郎さん。事情《け》はあとで話しますけど、この道には絶対に入らないでください」

「ああ、分かった。ところでこのお方は……あっ、おととい呑清にいた……？」

彦四郎も、音乃のことを憶えていた。

「音乃さんといいます。それも、あとで事情を。それで音乃さん、この方が……」

「頭目の、大平彦四郎さんですよね。おととい、呑清で顔を合わせましたものね」

松島町の先の、浜町まで追った男である。彦四郎を近くで見ると、悪い男にまったく見えない。いい男とは決していえないが、その分誠実さを感じる男だ。なぜに悪さに走ると、音乃はますます不思議な思いにとらわれていた。

「ところで、何があったと？」

「呑清の清造さんが、きのう殺されて、今のは目付支配の徒目付たちです。どうやらわれら七狼隊を疑っているようで。ですから、中に入らないでと」

「そうだったのか。それで、ほかの奴らは？」

集会の日だが、ここにいるのはまだ二人だけ。あと五人を待っているところに、二人が並んでやってきた。品川裏河岸に向かう道に入る手前で、引き止める。残るは、あと三人。そろそろ四ツの鐘が鳴りはじめるころとなった。

「遅いな……」

彦四郎が心配するところに、ようやく二人がやってきて、呑清には行くなと食い止めることができた。だが、あと一人がなかなか来ない。

「あとは、力也《りきや》だけか」

とうとう、昼四ツを報せる早打ちが三つ鳴り、そして本撞きが余韻を残して鳴りはじめた。

「力也の奴、どうしたのだ？」

もう一人とは、瓦《かわら》奉行小松《こまつ》九十郎《くじゅうろう》の三男である力也という若侍である。その姿が、四ツを過ぎても見えない。

「そうだ、あいつの家は神田橋《かんだばし》御門の近くだった」

一人が、思い出したように口にした。

「というと、外濠《そとぼり》沿いを歩いて……こんなところで待ってたって……」

顔を蒼白にして、彦四郎が口に出した。そうなると、反対側の一石橋《いっこくばし》のほうから道に入ることになる。

「……事情も知らずに、呑清に」

徒目付の三人が、力也という若侍を捕らえている図が、音乃の脳裏に浮かんだ。様子を見てくる手立てがないかと、音乃は考える。六人を見回すも、危険を冒させるわけにはいかない。どうしようかと、考えているところに、音乃の肩を軽く叩く男がいた。音乃が振り向くと、顔見知りの男が立っている。

「伊ノ吉さん……」

「やっぱり、あんたか。こんなところで何を……？」

伊ノ吉の言葉が止まったのは、六人の若侍たちと一緒にいたからだ。

「あれっ、こいつら呑清によく来ていた若侍たち。知り合いだったのか？」

「たった今、知り合ったの。ねえ、伊ノ吉さん。きのう呑清で何が起きたか知ってるでしょ？」

「ああ。大変なことになったな」

「それで、この人たちが疑われてるの」

「本当かよ。そしたら、なんでこんなところに、雁首《がんくび》そろえてつっ立ってやがんだ？」

「四ツに、呑清に集まることになってたんだって。だけど一人がまだ来ないの。おそらく一石橋のほうから、入っていったと思われるけど。ねえ伊ノ吉さん、お願いだからちょっと様子を見てきてくれません」

拝む仕草を見せて、音乃は伊ノ吉に頼んだ。

「あんたに拝まれちゃ、いやとは言えねえ。それと、こいつらが下手人じゃねえと信じてるんだな。だったら分かった、ちょっと見てこようじゃねえか。ここで、待っててくれ」

「わたしたちが、ここにいるって誰にも言わないでね」

「あたりめえじゃねえか。そのぐれえ、分かってら」

小袖の裾を手で端折《はしょ》り、伊ノ吉は呑清へと向かった。そして、さして間もなく伊ノ吉が戻ってきた。

「おい、まずいことになってるぞ。公儀の役人によって、一人若侍が捕らえられていった。もしかしたら、ありゃあんたらの仲間だな」

伊ノ吉の報せに、音乃と七狼隊の六人は愕然として、膝が頽《くずお》れるのをようやく堪えている。

二

水際で食い止めようとしていたのに、その甲斐もなく小松力也が捕らえられてしまったようだ。

すぐには助ける術《すべ》はない。

「ここにいては、まずいわ」

音乃を含めた七人が、場所を変えようと動き出す。日本橋からなるべく遠くへと、橋を渡って南に道を取った。通南二丁目あたりから、道を三回ほど曲がり音乃がよく行く平松町《ひらまっちょう》の甘味茶屋へと入った。

「おじさん、二階が空いてたら貸してくれる？」

話し方からして、けっこう馴染みの茶屋である。真之介が生きていたときからの付き合いであった。

「かまわねえけど。若侍をたくさん引き連れて、いってえどうしたってんだい？」

「わたしのお友だち。うるさくて、お店じゃほかのお客さんに迷惑がかかるから」

「まあ、いいから使いな。散らかってるところは、適当に片してな」

茶屋の主人が生活をする部屋を、音乃は無心した。団子と大福に茶を注文し、七人が二階へと上がった。

さっそく話は、捕らえられた小松力也のことになる。

「力也の奴、余計なことを言わねばよいが」

「あの力也さんなら、彦四郎さんが思っているほど柔《やわ》ではないです。男として瓦のように硬くて、芯がありますからそう簡単にはしゃべらないと思います」

彦四郎の言葉に、返したのは冬馬であった。ほかの四人も、そうだとうなずきを見せている。みな、人を殺せるような面構えではない。

「そうだとよろしいんですけど……」

音乃の返す言葉は、心持ち暗い。

「それに、拙者らは清造さんを殺してませんし……」

「だけど冬馬さん、あなた方がしてきたことは武士として許されぬことです。一番の懸念は、このことが力也さんの口から漏れるかどうかなのです」

音乃の言葉に、七狼隊六人の肩がガクリと落ちた。

「あなた方が助かる道が、一つだけあるわ」

そろって下がる頭に向けて、音乃が言い放つ。下がった頭が一斉に上がり、音乃のほうに向いた。

「助かる道とは、なんですか？」

「清造さん殺しは、あなた方七狼隊に罪を擦りつけようとする、誰かの策謀と思えるの」

誰かの策謀と訊いて、六人にざわめきが起こった。

「なぜに、七狼隊に……？」

音乃に問うのは、頭目の彦四郎である。

「それは、真の下手人に訊いてみないと分からないわね。一つ言えるとすれば、そんな、下劣な名なんかつけるからでしょ。まあ、それは仕方ないとして、助かる道としては真の下手人を捜し出すこと。これに、限ります」

「……真の下手人て、いったいどうやって？」

一人の呟きが、音乃の耳に入った。頭目、大平彦四郎の声音であった。

「みんなが力を合わせれば、きっと捜し出せます。そうでないと無実の罪を被《かぶ》せられ……」

「お家断絶にもなりかねません」

音乃の言葉を、冬馬が引き継いで言った。

「でも、誰も殺しなんかやってないぞ」

彦四郎が、頑としてつっ張る。ほかの五人も、そろってうなずいている。

「きのう、あなた方が襲ったお店のことは、冬馬さんから聞いています」

「冬馬、おまえ……」

裏切り者という五人の蔑《さげす》むような目が、冬馬に向いた。

「音乃さんから話を聞いて、打ち明ける以外に助かる道はないと思ったのです。申しわけありません」

「いや、俺は冬馬を叱ってるんじゃない。むしろ、よく話したと思っているくらいだ。そんなんで、音乃さんの言うとおり、みんな力を合わせようではないか。そうでないと、人殺しはこっちのせいにされてしまう」

彦四郎が同意を求めると、

「はい」

五人の、そろった答が返った。

「音乃さん、一緒にやっていただけますか？」

聞き手は、大平彦四郎である。

「もちろん。ですが、その前にやっていただくことがあります」

「やることというのは？」

「まずは七狼隊の解散と、悪さを働いたお店に出向き、お金を返して平謝りに謝るのです。どんなに屈辱を味わおうが、まずはその罪を償わないと話になりません」

茂兵衛の遺体近くに書かれてあった『七』の文字を、徒目付たちがどうとらえているかが鍵である。長八の話だと、まだ七狼隊にまでは辿り着いてはなさそうだ。音乃としては、目付の探索がおよぶ前に、七狼隊の罪を消しておきたかった。だが、小松力也が目付の吟味に、どれほど耐えられるか。

「お待ちどおさま……」

茶店の娘が、団子と大福を盆に載せ運んできた。茶はすでに、出ている。

「これを食べたら、さっそく動きましょう。一刻でも早いほうがいいわ」

小舟町から行脚《あんぎゃ》しようと、音乃は頭の中で順序を辿った。奪った金を返し、懺悔《ざんげ》をすれば罪は消えないものの、罰までは背負わないと音乃は踏んでいる。まずは、それから動こうと、団子と大福を急いで食べ、七人は甘味茶屋から出た。

七人まとまって歩くと目立つ。六人は二人ずつ、五間ほど間を取って歩き、音乃は一人最後尾《しんがり》についた。


小舟町へと足を向けた。まずは、長八の女房お峰の実家であった。

金の強奪は未遂であるが、詫びは入れなくてはならない。

「川鍋屋って、ここね」

音乃は、お峰から実家の屋号は聞いている。数寄屋風の小洒落《こじゃれ》た門に、屋号が彫られ扁額がかかっている。七人は、そろって中へと入った。昼も過ぎたところなので、店が立て込んでいると思ったが、それほどでもなかった。

格子戸を開けると、すぐに仲居が出迎えた。

「あら……！」

仲居が驚くのは、音乃を見てではない。明らかに、六人そろった顔を見てであった。

「この人たち……」

明らかに、仲居は七狼隊を憶えている。その仲居に向けて、六人の頭が一斉に下がった。「ごめんなさい」と、声もそろった。

「脅しに来たのではないのです。旦那さまに、ぜひお取次ぎを」

「待っててください。今、呼んできます」

仲居には、意が通じたようだ。急ぎ足で奥へと入っていった。すると、すぐに四十を過ぎたばかりの、痩せぎすの主が出てきた。

「あんたらは先だっての……ここでは客が来る。手前の部屋で、話をしよう」

顔は不機嫌そうだが、話は聞いてくれる。亭主の部屋で、音乃たち七人は向かい合った。

「また脅しに来たのかと思ったが、そうではなさそうだ」

亭主の前で、六人は殊勝となっている。話は、音乃が任されている。

「わたくし、霊巌島に住む巽音乃と申しまして……」

音乃は、他人に対して姓まで語るような、こんな自己紹介をすることは滅多にない。

「もしかしたら、巽真之介様の……？」

やはり、川鍋屋の亭主は音乃の名を知っていた。

「はい、そうです。長八親分には、大変お世話になって。先日も、お峰さんともお会いいたしました。どうやら、おめでたのようでして」

「ほう、そこまでご存じでらしたか。それで、きょうは……？」

亭主の目は怪訝そうに、音乃の背後に控える六人に向いている。そして、六人がそろって畳に手をつき深く頭を下げた。

「申しわけ、ございませんでした」

「なんの、真似ですか？」

その仕草に、亭主の首が傾いている。

「先だって、こちら様を脅したことで、お詫びにうかがったのです。どうか旦那さま、これでこの人たちをお許しいただきたいのです」

音乃の言葉に、厳しい目で若侍を見ていた亭主の顔が弛《ゆる》んだ。

「左様でしたか。みなさんお若いが、それなりの身分をもったお武家のご子息たち。われわれ町人ではまったく抗《あらが》うことができず、あれから変な風評が立って客足が少なくなりました。普段よりも、売り上げが減り損金は十両にも及びます。それは、十両もの金を奪われたと同じこと。それが、悔しくて悔しくて」

亭主の説教は、六人の心に響いているようだ。みな、頭を下げて殊勝となって聞いている。

「十両の利益を上げるのには、その十倍は売り上げなくてはなりません。それには、奉公人一同が汗水垂らして一所懸命働いても、十日以上はかかります。その上、また来ると捨て台詞《ぜりふ》を残してましたし、それが不安で不安で……ですが、こうして謝ってくれた以上はもう何も申しません」

川鍋屋の亭主からは、許しを得ることができた。

「旦那さま、ありがとうございました」

音乃からも礼が出て、一軒謝罪が済んだ。料理屋を出た七人は、その足を田所町の立花屋へと向けた。

三

途中、金貸し大和屋の家の前を通るが、何ごともなかったように静まりかえっている。もう、茂兵衛の葬式も済んだのだろうと、音乃は思いながら戸口の前を通り過ぎたところで思わぬ男に呼び止められた。

「そこに行くのは、音乃じゃねえか？」

音乃が振り向くと、そこには北町定町廻り同心の高井が、眉尻を吊り上げ驚く表情をして立っている。

「おや、高井様……」

「こんなところで会うとは奇遇だな。どこに、行くんだ？」

「ちょっと用事がありまして……」

音乃は、前を行く六人に目を向けた。すると若侍たちは、音乃が立ち止まっている
のを、怪訝そうな顔をして見ている。

高井の目は、その六人のほうに向いている。

「いってえ、誰なんであの若侍たち？」

すんなり高井から逃れるために、音乃は正直に語ることにした。

「高井様はご存じでございましょうか、天野様って……」

「天野とは？」

「お目付様のお一人で、真之介さまがお世話になっていた天野様です」

「ああ、あの天野様か。ならば、拙者もよく知っている」

「その天野様の甥御が、あの中にいるのです」

ここで、音乃はある知恵が働いた。逆に、この高井から事件の情報を聞き出そうと。

「高井様は、なぜにこの家におられたのですか？」

「先だって、ここの主が浜町の路地で殺されてな、そいつを探ってるんだ。下手人は

侍ってことで、いっとき町方は離れたが、また探れとお達しが出て、聞き込みに来たってわけだ」

　そのことは、すでに長八から聞いている。

「長八親分は？」

「別の事件《こと》で動いてる。下手人は若侍らしいんだが、まったく目星がつかねえ。ところで音乃は、心当たりがあるかな？」

「何をです？」

「七狼隊って言葉を、聞いたことがあるか？」

「いいえ。なんなんです、その七狼隊って？」

　音乃は、心の奥が見透かされないよう、平然と答えた。

「殺されたのは、ここに住んでた茂兵衛っていう職人の手配師なんだが、遺体のそばに『七』って文字が残ってた。おそらく茂兵衛が死際に書いたんだろうが、最初は意味がちっとも分からなかった。そしたら、徒党を組んで悪さをしている七狼隊って奴らがいるって聞いてな、俺はピンときたんだ。そいつらが、殺ったんじゃねえかと」

　まだ、高井は七狼隊の実態まではつかんでいないようだ。それだけでもいく分ほっとするが、問題はこのあとだ。高井も、七狼隊のことを追いかけるであろう。安心するのは早いと、音乃は高井を警戒した。これが長八ならばどれほどありがたいかと、つくづく思うも音乃の表情は変わらない。

「もしや、あいつらが……」

若侍がそろって歩いているというだけで、疑われる。

「とんでもない、高井様。あの人たちは、そんな人たちではございませんわ」

「だったらいいけどな。そんなんで、これから七狼隊に脅されて、被害に遭った店を聞き込みに廻ろうと思ってる」

音乃は、高井の言葉に震撼した。ゾッと背筋に、冷たい汗が伝わってくるのを感じている。

――高井の旦那を、別のほうに向けさせなくては。

これから廻るってことは、まだ行っていないものと取れる。ここからならば、行き先が同じの立花屋が近い。どうやって躱《かわ》そうかと音乃は考え、そこで咄嗟に思いついたのは「冬馬さん、ちょっと……」と手招きをして、冬馬を呼ぶことであった。

「何か……？」

町方同心に不安そうな目を向けながら、冬馬が近寄ってくる。

「この方が、天野様の甥御さんです。こちらは、北町奉行所の凄腕同心の高井様」

「伯父上が天野様とは、これはこれは……」

高井の物腰が、にわかに低くなった。御家人身分では、町方役人でも目付という言葉には弱い。

「そこで、冬馬さん。あなた、七狼隊って聞いたことがある？　なんですか、若侍たちが徒党を組んで悪さをしているみたいなの。そういえば、冬馬さん言ってましたね。その七狼隊って、もしかしたら両国《りょうごく》あたりをよく徒党を組んで歩いてる輩《やから》じゃないの。きょうも、そこで見たって言ってたわよね」

「はあ……」

音乃の、一方的な語りに意味がとらえられないか、なんと返してよいのか分からない。そんな思いがこもる、冬馬の生返事であった。音乃はそっと、冬馬に向けて目を瞑《つむ》り、合図を出した。

「ええ。もしかしたら、あいつらが七狼隊じゃないかと。両国の回向院《えこういん》あたりをふらついていると思います」

冬馬が気づき、音乃の語りに合わせた。七狼隊と、断定させないのが気が利くところだ。冬馬の即興の応えに、その調子と音乃が小さくうなずく。

「高井様。すぐに両国橋の向こうに行かれたほうがよろしいのでは？」

音乃が、すかさずけしかけた。

「そいつはいいことを聞いた。うむ、すぐにでも行って確かめてみよう」

高井の足は、立花屋とは逆のほうを向いた。それを見て、音乃はほっと安堵の息を漏らした。


それからというもの音乃と六人の若侍は、田所町の立花屋から、瀬戸物町の瀬戸物屋。そして、日本橋数寄屋町の小間物屋に銀座町二丁目の蕎麦屋と謝罪行脚をして、奪った金を返しきったときには、日の暮れかかる夕刻となっていた。

「許してもらえ、よかったわね」

すぐに訴えを取り消すと答ももらえ、とりあえずは一息つけた。だが、みなの周囲には、どんよりとした重い空気が漂っている。気がかりなのは、小松力也のことである。偉丈夫だとは聞いているが、目付の詮議にどれほど耐えうるか。音乃の憂いは、そこにあった。しかし、状況すら分からず、ただ案じていてもなんの進展もない。

「なんとしても、力也さんをお目付の手から取り戻さないとなりません。次の段階は、これです」

音乃が口にするものの、今の状況ではいかんともしがたい。とりあえず、力也の家に行き様子を探りたい。

「どなたか、力也さんのお屋敷の近くに住んでいるお方はおられます？」

音乃がこれから神田橋に行っても、帰りは夜になってしまう。

「近くではないですけど、自分が行ってきます。力也の屋敷には二、三度行ったことがありますから」

名乗りを上げたのは、頭目の彦四郎であった。六人のうちで頼りになりそうなのは、彦四郎と冬馬だけである。あとの四人は、どことなくぼんやりとしている。これまで、自分の意見を言った者はいない。

「それでは彦四郎さん、一緒にまいりましょ。冬馬さんには言づけをお願いします。霊巌島にある、わたしの家に立ち寄ってください。そこに、義理の母がおりますから……」

律が心配していてはいけないと、遅くなることを冬馬に言づけた。

「そしてほかの方々は、これで解散。そして、あしたの昼四ツ半ごろに会って、もう一度これからのことを考えましょう。場所はそうね……」

「きょう行った、あの甘味茶屋でいいのでは」

彦四郎が、案を口にした。

「そうね。だったら、来られる人は必ず来てください。くれぐれも、事件のことはお家の方たちには言わないように」

分かりましたと、またも全員の声がそろった。

音乃にとって長い一日となったが、まだこの日は終わらない。

銀座町から日本橋に戻り、さらに神田橋御門まで行かなくてはならない。その距離は片道半里以上ある。一日歩き回り、音乃の足は棒のようになっていた。

「あなたはいいわね、若くて……」

速足の衰えぬ彦四郎に、音乃の足がついていかない。

「音乃さんも、充分にお若いと思いますが」

「いいのよ、お世辞は。それより、もっとゆっくり歩きましょうよ」

「分かりました。でも、もうすぐですから」

音乃たちはすでに、今川橋《いまがわばし》まで来ていた。堀を渡ったところで、左に折れて五町も行けば鎌倉河岸《かまくらがし》といわれるところで、神田橋御門の北側は武家屋敷町となった。旗本が多く住む界隈である。瓦奉行小松九十郎の屋敷は、御門から一町ほど北のところにあった。さほどの大身ではない。それでも二十間に亘る長屋塀が、屋敷の正面に構えている。長屋塀の中ほどにある、表門の門扉は閉まっている。その門前に音乃たちが立ったと同時に、暮《くれ》六ツを報せる捨て鐘が三度、早打ちで聞こえてきた。もっと騒ぎになっているかと思ったが、周囲は武家町らしく静寂としている。

「音乃さん……」

彦四郎が、脇門を開いて音乃に声をかけた。

「開いてますよ」

脇門が開いていることで、力也の帰りはまだないものと音乃は踏んだ。だが、屋敷に足を踏み入れても、なんら変わった様子はない。瓦奉行とあらば、足軽や中間の家来が五、六人はいるはずだ。力也が捕らえられた報せが届いていれば、右往左往している者が一人くらいいてもおかしくない。

──目付様から、届いてないのかしら？

音乃がそう思うより仕方のない、屋敷の静けさであった。

「普段から、いてもいなくてもご家族からは気にされないのかしらね」

「三男四男て冷や飯食いは、そんなものです。父親から声をかけられるなんて、十日に一度あるかないかですから」

音乃の小声に、彦四郎は小声で返した。

「なんともまあ、寂しいものね」

「いやいや、気楽でありがたい……」

彦四郎の言葉が、にわかに止まった。玄関から、家来らしき人物が出てきたからだ。

「そこにいるのは、誰だ？」

黒い影が、音乃と彦四郎に近づいてくる。

「怪しいものではございません」

言葉が交わせるまで近づいたところで、彦四郎が返した。

「力也どのにお会いしたいと思い……脇門が開いてましたので、入らせていただきました」

彦四郎が相手をするも、家来らしき男は音乃のほうに目を向けている。

「どちらさまですかな？」

男の問いに、音乃は咄嗟の言い訳を考えた。

「わたくし、この者の姉でございます。弟が近くに友人がいると申しましたので、一緒についてきただけでございます」

「拙者大平彦四郎と申しまして、力也どのとは明学館《めいがくかん》で一緒に机を並べた者です。おられましたら、お取次ぎをお願いしたいと……」

「せっかく来られたようだが、力也様はまだ帰っておられないようだ」

「どちらに行かれたか、ご存じありませんか？」

「いや、拙者に訊かれても分からんな」

「でしたら、どなたかお分かりになるかたに……」

彦四郎の言葉が止まったのは、玄関からもう一人出てきたからだ。黒い影が、やがて顔も判別できるまで近づいてきた。力也とは、違う顔であった。

「そこで、何をしている？」

「殿……」

家来の言葉から、力也の父親で小松九十郎であることが知れる。齢は四十半ばだろうか、下膨れの顔が音乃の印象に残った。小袖に綿の入った袖なし半纏《はんてん》を着込み、家でくつろぐような姿で外に出てきた。「この者たちは……」と家来が二言三言、小松九十郎に耳打ちをした。姉とか明学館という言葉が、音乃の耳に漏れて聞こえてきた。

「力也に用事があってまいっただと？」

「拙者、作事奉行大平彦左衛門の四男で、彦四郎といいます」

彦四郎が身分を打ち明けると、小松九十郎の顔色がにわかに変わった。

「大平様のご子息とは気がつきませんで、これはこれは、ご無礼を」

深く腰が折れ、態度が一変した。瓦奉行小松九十郎は、作事奉行大平彦左衛門の配下にあたる。

「これ、力也を呼んでまいれ」

九十郎が、脇に立つ家来に命じた。そして、すぐに家来は戻ってきた。

「まだ、お帰りになっていないようです」

「しょうがないな、どこをほっつき歩いておる」

父親の応対から、力也のことはまったく眼中にないことが知れる。だが、目付からの報せが届いていないというのが不思議であった。

「いらっしゃらないのでは仕方ないでしょ。彦四郎さん、帰りましょ」

力也は捕らえられていないのか。そうだとすれば少しはほっとできるし、力也の居どころが気がかりとなってくる。夜分の来訪に詫びを言って、音乃と彦四郎は小松の屋敷をあとにした。

四

歩きながら、音乃は考えていた。

彦四郎とは並んで歩きながらも、しばらくは無言であった。考えの邪魔をしてはまずいと気遣ってか、彦四郎も言葉はない。

音乃が言葉を発したのは、日本橋目抜き通りに出て十軒店町《じっけんだなちょう》あたりまで来たところであった。

「……力也さん、今どこにいるのかしら？」

「えっ、今なんと？」

音乃の声が呟きのように小さかったので、彦四郎が問い返した。

「力也さん、今どこにいるのだろうって……」

彦四郎に訊いても分かるはずがない。音乃の、自分に向けての問いでもあった。

「目付に捕らえられたのではないので？」

「だとしたら、今ごろ大騒ぎしてるはずでしょう。それと、あなたの身も危うくなっているはず」

「拙者の身ですか？」

「ええ。殺された呑清の清造さんて、以前はあなたのお父上のご家来だった方でしょ？」

「知っていたのですか？」

彦四郎が、立ち止まって答えた。音乃も合わせて立ち止まる。夜の帳《とばり》が下りてはいるが、日本橋の目抜き通りは、いまだ人通りは途絶えていない。道の端に寄っての、立ち話となった。

「なぜに、清造さんが武士を捨てたのかは分かりませんけど」

「清造さんは、元は父上の警護役でした。ですので、剣の腕は立ちます。それで、兄者たちに剣術を教え……」

清造の剣の腕は、古流派無心相幻《むしんそうげんりゅう》流の師範代にも匹敵するほどの使い手であったという。

「その剣術を拙者の兄たちと、その友人たちに伝授したところ、すぐ上の兄で三男の光三郎《みつさぶろう》が喧嘩で人を斬ってしまったのです。二年ほど前のことです。兄者は捕らえられ、切腹の沙汰となりましたが、喧嘩両成敗ということで家にはお咎めはありませんでした。ですが清造さんは、剣術を教えた自分が悪いと、それで刀を捨てたのです」

「刀を、包丁に持ち替えたというわけね。ところで、ご三男が斬った相手というのはどちらの方で？」

「それが兆七郎《ちょうしちろう》という、もう一人の作事奉行古谷吟衛門《ふるやぎんえもん》の七番目の子でした。どちらの親父のほうが偉いかなんて、つまらないことで言い争いをして……」

作事奉行の定員は、二名である。一人が大平彦左衛門で、もう一人が古谷吟衛門ということになる。その倅同士が些細なことで喧嘩をし片方は殺され、もう片方は自刃して命を失っている。

「となると、怨みが……」

「それが、そうでもないのですよね。互いに三男と七男の冷や飯食いということで、こんなことでいがみ合っても得にはならないと、親同士が互いに引いたのです。ですが今になって……」

と言ったところで、彦四郎の言葉が止まった。顔が音乃と別のほうを向いている。

「あれは……もしや力也？」

二十間ほど先を、常夜灯に浮かぶ二つの影があった。うしろ姿であったが、年恰好と着姿、そして歩き方が似ていると彦四郎が言う。

「もう一人のほうは……」

侍の姿であったが、彦四郎は見知らぬ男だと首を振る。後ろ姿だけ見ると、三十過ぎの年輩に見える。力也一人ならば追いかけて声をかけるのだが、相手の素性が分からないからには、迂闊に近づくのはまずいだろう。どこに行くのかと、当然のごとくあとを尾《つ》けるも、なにぶん夜の帳が下りている。しかも、相手は速足である。しばらくしたところで、二人を見失った。

「あれって、本当に力也さんだったの？」

「そう言われれば、ちょっと自信がないです。ただ、似てたってだけで」

定かでないのに追っても仕方ないと、音乃は別のほうに頭をめぐらせた。彦四郎に、もう一つ訊いておきたいことがある。

「彦四郎さん、お腹が空かない？」

「ええ。もう、腹が背中にくっつきそうです」

魚河岸が近いこともあり、界隈は食べ物屋にこと欠かない。近くの煮売り茶屋に、音乃と彦四郎は入った。注文の品が届く間の話である。

「先ほど、彦四郎さんの話は途中になってましたよね」

「なんの話でしたっけ？」

「ですが今になってってところで、話が切れてまして。そのあとのことが気になって、気になって」

音乃は、大仰な言い方をした。

「そのことですか。ええ、今になってなんですか、利権争いみたいなのがはじまって。千代田のお城でもって、このたび大きな普請があると。それを、どちらの作事奉行が請け負うかで揉めたとのことです」

大きな普請と聞いて、音乃は天守再建の話を思い出した。

「何も、揉めることなんて……お互いが、譲り合わないのですか？　さもなければ、協力し合うとか」

「そうは思うのですが、覇を競うってのはどうにも端《はた》では分からないものです。殺された大和屋茂兵衛さんは、親父のところでの工事を元請けしようと、いく度も談判に来てました。受注目的の賂《まいない》が、かなり親父のもとに届いていたようです。茂兵衛さんが殺されたのも、そんな夜でした」

「お城の大きな普請て、もしかしたら天守再建ってこと？」

「よくご存じですね。誰から聞いたのです？」

「ええ、ちょっと……それはどうでもいいけど、天守再建というのは嘘の話でしょ？」

「はい。実は、それは親父たちの目論見《もくろみ》から出た話です」

「目論見って……？」

「親父配下の大工頭や畳奉行や瓦奉行などが集まって、業者からの賄金欲しさに描いた図なのです」

「なんですって！」

音乃の驚きは尋常でなかった。その声の大きさは、周囲の客の視線を浴びるほどであった。

「それを知って、拙者はますます親父に嫌気がさしました。兄者の光三郎を失ったときも、さして悲しくもなさそうだったし、相手を恨むこともなかった。そこにもってきて、こんな汚い策略でしょ。まるで、詐欺ですよね。最初は目付に訴えようと思ったけど……できませんでした」

親を売り飛ばせない気持ちは、音乃にも痛いほど分かる。「うん、分かるわ」との言葉でもって、同意を示した。

「でも、そんな悪事を止めさせる術《すべ》が分からない。それで、力也や冬馬たちに話を持ちかけ……」

「七狼隊を結成したのですね？」

隊員の七人はみな、作事奉行の配下の父親を持つ者ばかりである。

「こっちが悪事を働き捕まれば、親父のほうにも累がおよび、策略は頓挫《とんざ》するだろうと」

「それにしても、あなた方のやり方は間違ってましたわね。あんなみみっちいことで町人を困らせたところで、馬鹿息子たちがやらかしたことと、一つ頭を下げて終わりです。やるなら、首が飛ぶくらいの悪さをしなくちゃ。でも、本当の悪党じゃなくて、安心しました」

親たちへの恨みつらみ。町人脅しは、彦四郎たちの浅はかな策謀であった。だが、それが二件の殺しと関わっている。七狼隊をおいては、考えられない事件である。

「……いったい誰がなんのために？」

音乃が呟いたところで、煮込みうどんが運ばれてきた。瓢簞《ひょうたん》型の器に入った七味唐辛子を振りかけながら音乃はふと思う。

──七の文字って、もしかしたら七狼隊の意味ではないのかも。

俄然音乃の脳裏に、別の名前が浮かんできた。

それから四半刻後、音乃は新たな殺人事件と遭遇する。

日本橋の北詰で、彦四郎と別れた音乃は、力也のことが少々気になって品川町の番屋へと向かった。清造殺しを届け出た番屋である。

「おや、あんたは？」

番人は、音乃の顔を見知っていた。

「目付の役人が、あんたを捜してたぜ」

「左様でしたか。でも、この辺に住んでいないので、知りませんでした。おそらく、事件のことでいろいろ訊きたかったのでしょ。ところで、まだ下手人は捕まってないのかしら？」

「昼間、若侍が目付の役人に捕らえられていったけど……」

「これが下手人と、いきなり捕まえられるものなのですかねえ？」

「いつも出入りしている若侍で、事情を訊くために連れてったんだろ。捕らえられたってのは、ちょっと言いすぎだった。別に、お縄を打たれたわけじゃねえしな」

それはやはり、力也だと考えられる。家に報せが届いていないということは、疑いが晴れて放免になったのだろう。

だが、人違いということもありうる。音乃は、念のために捕らえられた若侍の容姿を訊いた。すると、番人が答えるには、年恰好や顔の特徴、背丈の大きさなどからして力也に間違いがない。

——だとすると、力也さんは七狼隊のことには触れていない。

もしも白状していれば、音乃たちより先に、数寄屋町の小間物屋や日本橋の蕎麦屋に聞き込みが回っていたはずだ。

音乃はほっと安堵するも、頭の中にこびりついていることがある。

――七狼隊ではなくて、兆七郎事件との関わりも考えられる。

「……むしろ、そっちから追ったほうが無駄はないかも」

少しでも怪しいと思うところがあれば、つき詰めて当たれというのが探索の常道と、丈一郎から教わっている。ここにきて、作事奉行同士が覇権争いをしていると、彦四郎は言っていた。千代田城天守再建の話が、その土台になっているとすればあながち捨てたものではない。もう片方の作事奉行「……古谷吟衛門か」と、音乃は呟きながら番屋の外へと出た。

暮六ツ半も、とうに過ぎている。

霊巌島に戻ろうと二、三歩進んだところで音乃は足を止めた。そして振り向くと、体を反転させた。

「……ん、もしや？」

音乃を呟かせたのは、多分に虫の知らせというものだろうか。無闇に近づきたくはなかったが、音乃の足はそこに向いた。いく分太目となった月の明かりを頼りにして歩く。

明かりを灯さず、庇《ひさし》から下がる赤提灯《ちょうちん》が、風に吹かれて空しく揺れている。今は誰もいないはずの、居酒屋呑清の前に音乃は立った。音乃は周囲を見回し、人の気配がないのをたしかめ、油障子を開けた。つっかい棒もなく、戸はすんなりと開いた。店の中は真っ暗で、何も見ることはできない。音乃は、五感に神経を集中させた。

「……ん？」

店の中に一足踏み込もうとしたところで、音乃はふと人の気配を感じとった。

「どなたかいるのですか？」

音乃は身構えながら、闇の中に声を投げた。

店と厨《くりや》を隔てていた長暖簾《のれん》は、取り除かれて今は垂れていない。暗闇は、ずっと奥までつづいている。すると、裏側の戸口が開いたか、外の明かりが差し込みぼんやりとそこだけ明るんだ。

「おやっ？」

裏戸から人影が駆け出していくのを、音乃の目はとらえた。そして裏戸が閉まり、目の前は再び漆黒の闇となった。店の中を突っ切るには、足元が覚束《おぼつか》ず一歩も前に進めない。音乃は外に出ると表戸を閉め、路地伝いに裏側に回った。だが、もうそこには誰もいない。

「いったい、誰だろ？」

独りごちるも、音乃が思いつく者は誰もいない。

音乃は、店の中に入るかどうかを迷った。しかし、明かりを灯すことは叶わずとの思いもよぎり、裏戸を開けることはなかった。

「仕方ない、帰るとするか」

音乃が引き返そうとしたところで、

「あれ、あんたは？」

声をかけたのは、顔見知りの伊ノ吉であった。

「こんなとこで、何をしてるんです？」

要所要所で、よく出会う男である。

「ねえ、伊ノ吉さん。今しがたここから誰か出ていかなかった？」

「いや、ちょっと見てねえけど。何かあったんで？」

「清造さん殺しで、ちょっとあそこの番屋に来たのだけど、誰もいない呑清に人の気配を感じて……」

「ところであんた、何を探ってるんで？　とても、役人には見えねえけど」

「義理ある人のためだけど、事情《わけ》は聞かないでもらいたいの。ちょうどよかった。わたし一人じゃ恐いので、伊ノ吉さんも一緒に中に入ってくれる？」

「俺だって、気が進まねえなあ」

「お願い……」

嫌がる伊ノ吉を、科《しな》を作って音乃は誘った。

「ちょっと待ってな、隣で提灯を借りてくる」

明かりをぶら下げ、すぐに伊ノ吉は戻ってきた。裏戸を開けて、伊ノ吉から先に入る。五歩も入ったところで「うわっ！」と奇声を発して、急に伊ノ吉の足が止まった。

「何かあったの？」

音乃が訊くも、伊ノ吉は提灯を差し出したまま震えている。提灯の明かりに浮かぶのは、仰向けになって倒れている男の姿であった。

「これは！」

音乃が驚くのは無理もない。

「……力也さん」

声にならない声が、音乃の咽喉《のど》から絞り出た。瀬戸物屋を脅す役をしていたので、力也の顔は知っている。やはりこれも、左肩から右腹にかけての袈裟《けさ》斬りで、一刀のもとであった。

「あれ、ここに七って字が」

伊ノ吉に気づかれては、消すわけにはいかない。

はからずも、清造と力也の、二件の殺しの第一発見者に音乃はなってしまった。

役人が来たら、すべてを語らなくてはならなくなる。おそらく駆けつけるのは、目付沢村拓吾郎配下の徒目付たちであろう。現場を離れたくなかったが、ここは去るより仕方ない。

――下手人は必ず暴くわよ、力也さん。

音乃は心の中で約束し、外へと出た。

「伊ノ吉さん、見なかったことにして帰りましょ」

「届け出ねえのか？」

「伊ノ吉さんだけに言うけど、この事件に関わったら大変。なにせ、幕府が裏に絡んでいるから。ここはあなたも逃げるのが一番よ」

伊ノ吉の、余計な口を塞ぐため音乃は脅しにかけた。

「そいつは、まずいな」

「わたしはあなたのことを言わないから、あなたも黙っていてくれる？」

「もちろんだ。こんなことに、俺だって関わりたくはねえからな」

音乃は、後ろ髪を引かれる思いで、足早にその場をあとにした。伊ノ吉とは、反対方向に分かれた。

五

明日になれば、誰かが現場を見つけてくれる。

「一晩我慢してね」

今は骸《むくろ》となった力也の顔を思い出し、音乃は一筋の涙を流して詫びた。

あの『七』という文字は、作事奉行大平家と関わりある者を、順次殺していくといった符丁かもしれない。それと同時に、忍び寄る魔の手を感じる。

──誰かが、尾けてくるかもしれない。

音乃はあえて提灯を持たず、背後に気を配りながら歩いた。だが、霊巌島の家に着くまで、音乃のあとを尾け狙う気配を感じることはなかった。

家の前でほっと大きな息を一つ吐いて、音乃は遣戸を開けた。

「ただいま、戻りました」

戸口に備えつけられた、燭台に明かりは灯《とも》っている。

——家の明かりは、本当に温かい。

音乃が、わが家の温もりを感じたところで、

「おかえり、音乃。遅くまで、ご苦労でしたねえ」

律が、労《ねぎら》いながら出てきた。義母の気遣いに、音乃は心も体もにわかに和らぎ、安堵の笑みを返した。塞いでいる気持ちを切り替え、音乃は努《つと》めて明るく振舞うことにした。

「冬馬さんて、若いお侍が来られませんでした？」

「ええ。しばらく前に来られて、ことづけを聞きましたよ。なんだか、大変なことになっていそうで、音乃一人で大丈夫なのかい？」

「はい。ぜんぜん、大丈夫です」

律に心配かけまいと、音乃は気丈夫を装って上がり框《かまち》に足を載せた。

「それより、お義父《とう》さまの具合はいかがですか？」

「熱は下がったのだけど、咳《せき》がまだ酷《ひど》くて……」

「それは、治りかけといってよろしいのでは。もう少しの、辛抱ですね。ちょっと、お顔を拝見してこようかしら」

音乃が障子戸を開けようとしたところで、丈一郎の声が届いた。

「俺のことなら心配せんでもいいぞ。風邪が移るから、障子を開けるのではない」

「そういうことだから、音乃……」

律が、苦笑いを漏らしながら首を振った。

風呂を焚き直して入り、食事を済ませ音乃が床についたのは宵五ツをとうに過ぎたころであった。

ほっと一息つくものの、いろいろなことが頭の中を駆け巡り、なかなか寝つくことができない。寝つきの早い音乃にしては、珍しいことだ。

やはり、頭の中を支配しているのは、力也殺しである。

「……いったい誰が、あんな酷いことを？」

夜具を頭から被り呟くと、呑清での光景が浮かび上がった。真っ暗な中で、裏戸にふと浮かんだ人影だけが、音乃の脳裏に残っている。「……あれが下手人」と、一言漏らしたところで音乃は夜具を撥ね退けた。

「やはり、あの二人連れは力也さんだったの」

呟きではない、音乃の独り言であった。

「いったい、七狼隊の周りで、何が起きているというの？」

朝になったら呑清の様子を見に行こうと思っているうちに、音乃はまどろみの中へと入っていった。

朝から、北風が強く吹いている。

丈一郎の咳を隣の部屋で聞きながら、独り朝食を済ませた音乃は「ごちそうさま」と、感謝をしてから膳を片づける。そして、真之介の位牌に手を合わせ、念仏を三遍唱えるのが音乃の日課であった。

「……今大変なことが起きているの。真之介さま、どうぞ手を貸してください」

この日の音乃は念仏だけでなく、一言願いごとも添えた。

この冬初めての木枯らしに、音乃は襦袢を一枚多く着込み寒さに備えた。朝五ツを報せる鐘の音を聞いて、音乃は動き出す。昼四ツには、解散した元七狼隊と集まることになっている。その前に、品川裏河岸にある呑清の様子を見に行くことにしていた。

「お義父さま、行ってまいります」

戸を開けるのは、禁じられている。音乃は障子越しに、丈一郎に声をかけた。

「気を……ゴホゴホ……つけてな」

ガラガラ声に咳が混ざり、かなり苦しそうだ。「早くよくなってくださいね」と、一言添えると、さらに激しく咳き込む声が返ってきた。

「気をつけてね、音乃」

「それでは、行ってまいります。もしかしたら、きょうも遅くなるかもしれません」

「木枯らしも吹いて寒いから、音乃も気をつけなさいよ」

「お義母《かあ》さまも」

丈一郎の風邪が律に移らないかと、音乃も心配である。本当は家にいたいが、そうもいってられない。

「私のほうはいいから、音乃は自分のことだけ心配しなさい」

律に見送られ、音乃は外へと出た。そのとき、一際強い風が真向かいから吹いてきた。音乃は袷の襟元を締め、いく分前屈みとなった。赤城《あかぎ》おろしと呼ばれる、上州《じょうしゅう》から吹き降ろしてくる冷たい風だ。

「……襦袢を一枚余計に着込んでよかった」

日本橋まで行くには、ずっと向かい風となる。砂塵が舞う大通りを、北に向かう人はみな前傾姿勢になっている。日本橋を渡りきるまで、音乃はいつもより余計な時を要した。

太鼓橋の頂上は、一際風が強く当たる。吹き飛ばされまいと、欄干につかまる人も見受けられた。

音乃は、日本橋の北詰に下り、すぐの道を左に取った。すると、すぐに目に入ったのは一町ほど先の、寄棒《よりぼう》を立てた役人と野次馬の人だかりであった。そのあたりに、居酒屋呑清がある。


音乃が近づこうとしたところで、向こうから顔の長い男が歩いてきた。遠目でも、それは長八だと分かる。十手《じって》を手にしているところは、事件の探索に駆り出されたものと音乃は取った。だが、武士が殺された事件なのに、なぜに町方がとの思いがある。

「殺されていた場所が、町人の家だからかしら……いけない、そんなこと長八さんに訊けない」

音乃が立ち止まって呟くそこに、長八が早足となって近づいてきた。その長い顔に無数の皺ができ、苦渋の表情を示している。寒さでもってできた皺顔ではない。

「ちょっと、こっちに……」

長八は、音乃と向かい合うなり横道に誘った。塀と塀に挟まれ、風は納まるが長八の表情は依然として歪んだままだ。

「何があったのです？」

「今音乃さんは、呑清に行こうとしていたんでは？」

音乃の問いには答えず、長八の厳しい顔が向いている。普段は見せぬ長八の表情に、音乃の顔も歪みを見せた。

「ええ、そのつもりで来たのですが」

「音乃さん。きのうの夜も、呑清に行ったでしょ」

「ええ。でも、どうしてそれが分かったのです？」

長八ならば、素直に答えることができる。

「夕べ音乃さんが呑清の中に入っていくのを、番屋の番人が見ていたそうです。その前に、番屋に立ち寄らなかったですかい？」

「ええ。ちょっと、聞きたいことがあって」

「なぜに、呑清なんかに？」

「何か手がかりが落ちてないかと。明かりも持ってないのに、わたしったら……」

「いや、すいやせん」

音乃の言葉に、詫びを言って止めたのは、長八であった。

「余計なことを、根掘り葉掘り訊いちまった。音乃さんのことだ、理由《わけ》があって行ったのに決まってる。事件に首をつっ込めねえあっしが、どうのこうのと聞くもんじゃねえ」

長八なりに、立場を理解してくれているのが、音乃にとってはありがたかった。

「ところで、呑清で何が……？」

ここは知らぬつもりでいたほうがよいと、音乃が問うた。

「音乃さんは、知らなかったのですかい？」

「ええ。お店の中に入ったけれど、真っ暗で何も見えず、すぐに外に出てきたのですけど……」

それでも長八には、方便を繕《つくろ》った。

「三日つづけての、殺しがあったんですよ」

「いったい、誰が殺されていたのです？」

「二十歳にも満たぬ、若い侍らしいです。まだ、身元は判明してないらしいですが、もしかしたら音乃さんのいう、七狼隊の一人じゃねえかと。それが、殺された現場に『七』って文字があったらしい。それって、浜町での茂兵衛さんの殺しとおんなじゃねえですか」

「目付のお役人は、それが何かと気づいてましして？」

「いや、まだみてえで。これを知ってるのは、音乃さんと下手人だけです。それにしても、たてつづけに同じ屋根の下で殺しがあるなんて、思ってもいやせんでしたぜ」

「この事件は、長八さんが探ることになるの？」

「いえ。たまたま近くにいたんで駆り出されただけでさ。本格的な探りは、目付と南町となりやすがね。おとといの呑清の主殺しは、南町が扱ってやすから。ですが、今度のは明らかに武家の子息が殺された事件なんで……」

「下手人の目星は……？」

「いや、まったく分からねえらしい。それよりも、目付の役人がこぞって音乃さんのこと……いや、綺麗な女の人を重要な参考人として捜してやすぜ。あっしは、真っ先に音乃さんとピンときやしたが、誰にも言ってやせん」

最初に長八と出くわしたのも、音乃にとっては幸いであった。そのまま知らずに現場に近づいていたら、面倒なことになっていたかもしれない。それと、わざわざ危険を冒して近づかなくても、長八の口から事情は知れた。

殺されているのが小松力也とさえ、まだ目付沢村の配下たちは気がついていないのだろうか。探索は難航というよりも、杜撰《ずさん》な気がしてならない音乃であるも、告げるわけにはいかないもどかしさがあった。

「長八親分は、この件のことはまだ黙っていてくれる」

「もちろんで。それに、これは目付の範疇《はんちゆう》なんで、あっしはもう引き下がりやす」

「親分は、手伝っていただけないの？」

「もう、つまらないことで手一杯で。ですが、そっちも手を抜くことはできやせんでして。本当に残念ですが……おっと、ここにいたんじゃ怪しまれやす。それじゃ、これで」

路地をのぞく人の目を気にして、長八が先に路地から出た。付近の様子を探りながら、音乃も路地をあとにする。

「……それにしても、肝心なところで長八親分と遭遇する」

立てつづけに三度となれば、誰かのお導きと思えてくる。「……真之介さま」と、音乃が呟くのは仕方のないところか。

六

目付配下が、音乃を重要参考人として捜しているならば、すぐにこの場を去らざるを得ない。番屋の番人にも顔を知られていれば、なおさらだ。

まだ四ツには四半刻ほどときを残すが、音乃は冬馬たちと落ち合う場所へと向かった。殺された力也を除いて、六人が集まる手はずとなっている。

昨日行った平松町の甘味茶屋に、音乃は先に入った。働き者の主人で、朝から晩まで店は開いている。

娘たち三人連れの先客が、緋毛氈《ひもうせん》の敷かれた縁台に座りぺちゃくちゃと賑やかだ。音乃はその声を耳にしながら、呑清の事件を考えていた。

「……茂兵衛さんに清造さん。そして力也さんと、なぜに罪もない人たちが殺されなくてはならないの？」

音乃が呟く自問は、娘たちのおしゃべりにかき消される。

「それも、みな同じ手口。一太刀の袈裟懸けは、相当な手練だと思える。一人は路上で、もう二人は同じ屋根の下」

ブツブツと呟くものの、周りで聴いている客は誰もいない。ほかに数人の客がいたが、娘たちの声音は、独りごちるのには都合がよかった。だが、人と話をするときは、邪魔な騒音となる。「……そして、七という文字」と、音乃がさらに独り言を吐いたところで、冬馬の姿が目に入った。音乃が手を振るまでもなく、冬馬が近づいてきた。

「おはようございます。音乃さんだけですか？」

まだ、四ツを報せる鐘の音は聞こえてこない。

「ええ、まだのよう。強い風の中、冬馬さんもご苦労さま」

「いいえ、とんでもない。音乃さんこそ、われわれのために……あれ、どうかしましたか。なんだか、顔色が優れないようで」

音乃の気の塞ぎは、すぐに冬馬にも通じたようだ。

「それが……驚かないで」

「何かあったのですか？」

訊くところは、まだ冬馬は力也のことを知らないらしい。

「実はね……」

音乃の言葉が止まったのは、その作事奉行の四男である彦四郎の姿を目にしたからだ。

「お待たせしました」

丁寧に礼をして、彦四郎が近づいてきた。そのとき丁度、昼四ツを報せる鐘の音が聞こえてきた。

「冬馬のほかにまだ、誰も来てないので？」

「ええ、今のところ……」

答えたのは冬馬であった。

「ご近所の方と、一緒じゃないのですか？」

彦四郎ともう一人を、音乃は浜町まで尾《っ》けたことがある。近所であれば、一緒に来るものと音乃は思っていた。

「われわれはみな、家には内緒で集まりますんで、いちいち連れ立って来ることはありません」

「子供の集いじゃないですもの、それもそうね」

彦四郎の答は、音乃にも得心できるところだ。四ツを報せる鐘の音が鳴り止んでも、ほかに誰も来ない。

「遅いですね。みんな、どうしたんだろ？」

冬馬が、首を傾げながら口にする。

「七狼隊は解散したし、殺しの事件に関わってはと恐くなったんだろうよ。もう来なくていいよ、だらしない奴らだ」

彦四郎の捨て鉢なもの言いに、音乃は同意する。

「そう。もう、誰も来なくてもいいわ」

音乃のポツリと呟く声を、彦四郎が拾った。

「どうかなさったのですか？」

彦四郎も、音乃の異変を感じたようだ。力也のことは、彦四郎も知らないようだ。

「もう、誰もこの件には関わらないほうがいいかもしれない」

「何かあったのですか？」

冬馬の問いであった。みなが集まってから語ろうと、音乃は黙っていたが彦四郎と冬馬に向けて語ることにした。他人の耳には入れたくない話である。音乃の声は、小声となった。

「実はね……ちょっと、耳を貸して……驚かないでよ」

「さっきも、そう言いましたね」

冬馬が身を乗り出して、言った。

彦四郎と冬馬の頭が、近くに寄る。

しかし、またも娘たちの嬌声が話を遮る。勘三郎《かんざぶろう》がどうだの團十郎《だんじゅうろう》がどうだのと、役者の話で盛り上がっている。

「うるさいですね」

「まったく、他人《ひと》の迷惑も考えない馬鹿娘どもだ」

冬馬の憤りに、彦四郎が被《かぶ》せた。力也のことを話せる環境ではない。

「まあ、女三人寄ればなんとかですから我慢しましょ。静かなところといっても、ほかにないし」

音乃が言ったところで、茶店の主が近づいてきた。

「よかったら、二階《うえ》を使いな」

大事な話をしていると見てくれたのだろう、茶屋の主が気を利かしてくれた。言葉に甘え、音乃たちは二階へと移った。

「ここなら、落ち着いて話ができるわね」

三人は三角の形で座った。音乃の話は、仕切り直しとなった。

「実はね、呑清でまた人が殺されたの、知ってる？」

いきなり力也とは言えないと、音乃は一つ間をおいた。それは、自分の気持ちを落ち着かせるためでもあった。そして、おもむろにその名を語る。

「力也さん……」

「なんですって！」

驚く冬馬と彦四郎の声がそろった。

「清造さんと同じく呑清で……ええ、一刀のもとで斬られ……」

うな垂れる二人から、返る言葉はない。音乃はそれでも、話をつづけた。

「昨夜、彦四郎さんと別れたあと……」

音乃は、そのときの様子を語った。

「やはり、彦四郎さんが大通りで見たってのは、力也さんに違いなかったわね。そのとき一緒に歩いていた武士が、おそらく下手人。でも、なぜに呑清に行ったのかは分からないけど」

ここまで語り、音乃の気持ちは落ち着きを見せてきた。しかし、彦四郎と冬馬の顔はまだ下を向いたままである。

「くそっ、力也まで……」

悔恨こもる彦四郎の声音が聞こえ、膝の上に握る拳が垂れる涙で濡れている。

「辛い気持ちは分かるけど、彦四郎さんあなた頭目でしょ。ここは気持ちを立て直して、一緒に下手人を捜しませんか？　冬馬さんも……」

音乃の諭しに、ようやく二人の頭がもち上がった。

二人の目に、もう涙はない。それよりも、絶対に力也の仇《かたき》を討ってやるという、気迫すら感じられる。音乃はその気概を感じて、大きくうなずきを見せた。

「音乃さん。きのうの夜、ずっと考えてたんですけど……」

彦四郎が言いたげである。

「どんなこと？　何か気づいたことがあったら、みんな話して」

「昨夜力也と一緒に歩いていた男、おそらく兆七郎の……」

「兆七郎って、あなたのお兄様に殺されたという人？」

「はい。もしもそうなら、親父と覇を競うもう片方の作事奉行古谷吟衛門様のお身内か、ご家来とも思われます」

「そうなると、怨恨がぶり返したってこと？」

「それと、例の普請の件で……」

例の普請とは、千代田城天守再建の話である。彦四郎からその話を聞いたとき、音乃は首を傾げることがあった。大平彦左衛門たちの策謀に、なぜに古谷吟衛門が横槍を入れたのか。あのときの彦四郎の話では『利権争いみたいなのがはじまって、それを、どちらの作事奉行が請け負うかで揉めた』とあった。

「だとすると、おかしい」

作事奉行の古谷ならば、千代田城天守再建がでっち上げだと分かるはずだ。どちらの作事奉行が請け負うかの利権争いではなく、別の遺恨が生じたからであろう。音乃の思いが、声となって出た。

「何がおかしいのです？」

彦四郎の問いに、音乃がうなずきを見せた。

「昨夜、彦四郎さんから聞いた話ですけど……」

音乃は、自らの考えを語った。

「彦四郎さんの、聞き間違えということはない？」

「そういわれれば、はっきりとした自信はありません」

「となると、逆ということもありえますよね」

「逆とは……？」

興が湧いたか、彦四郎の上半身が前に傾いた。

「古谷様のほうが画いた策略の図かもしれないということ。それが、あなたのお父上に露見して、次々と関わる人たちを……」

「でしたら、なぜに力也さんまで？」

冬馬の問いであった。

「それは、下手人を捕らえて聞き出さないと分からないけど、何かしらで関わりがあったものと」

力也はともかく、大和屋茂兵衛と清造は大平家と大いに関わりがある。いや、力也にしてもまったく関係がないわけではない。

「力也さんは、お目付に連れていかれたことで……？」

放免にはなったが、力也は何か秘密を知っていたのかもしれない。それでもっての口封じは、大いに考えられるところだ。

「いずれにしても、もう片方の作事奉行古谷吟衛門様を探ってみないですか？　その価値は充分にありそう」

音乃が、彦四郎と冬馬に打診した。

「分かりました」

彦四郎と冬馬の声がそろった。

「ところで、古谷吟衛門様のお屋敷ってどこにあるか知ってる？」

「力也さんの、家に行かなくてもよろしいのですか？」

「下手人を挙げたら、ゆっくりお線香を上げに行きましょ。そのほうが、力也さんも喜ぶわ」

今は、力也の弔問ではなく、下手人を捕まえるほうが先である。音乃の判断は、若い二人にも通じた。

「古谷様のお屋敷なら知ってます」

答えたのは、冬馬であった。頼れるのは、冬馬と彦四郎だけとなった。だが、音乃はむしろそのほうがありがたいと思っていた。数が多ければよいというものではない。内密の探索は、口の数が少ないほど安心できる。

——この二人ならば、大丈夫。

見た目は頼りないけど、二人には信念がありそうだ。音乃は、そこを見込んだ。さっそく、冬馬が役に立つ返事をしてくれた。

「木挽町《こびきちょう》五丁目の、三十間堀に架かる木挽橋の近くです」

冬馬が住む築地に近いので、知っているという。木挽町なら、今いるところから南に十五町ほど行ったところだ。

「三人で、これから行ってみませんか。何か、つかめそうだし……」

まだ直感だけであったが、音乃にはそれが縺《もつ》れた糸の手がかりにも感じられていた。

「拙者も、それを考えてました」

「自分が、案内します」

意見がそろって、三人は立ち上がった。甘味茶屋を出て、向かうところは木挽町近くの古谷吟衛門の屋敷であった。

七

木挽町へは、日本橋と八丁堀を分ける楓川沿いを行くのが早い。北からの風が、背中を押してくれる。

真福寺橋《しんぷくじばし》から川は三十間堀《さんじっけんぼり》と名称を変え、汐留橋《しおどめばし》までをいう。木挽町は北から南に向けて、一丁目から八丁目まである。真福寺橋からおよそ六町のところに、木挽橋が架かっている。冬馬は、そこからすぐだと言っていた。

追い風は、歩くに楽である。風に乗ったつもりで、早くも古谷家の門前に着いた。

さすが二千石の大身《たいしん》旗本の屋敷は、構えが立派である。

すると、何やら、古谷家の門が開き、邸内が騒がしい。

人の出入りが頻繁にあり、みなその表情は沈痛の面持ちだ。寒さから来ているものではなさそうである。

「何かあったのかしら？」

三人は邸内に入らず、人が出てくるのを待った。しかし、何かを訊き出そうとしても、知る人間はいない。どうしようかと考えているところに、音乃が見知る顔が門の外へと出てきた。

「あら、あの人……」

音乃が、目付天野又十郎の屋敷でよく見かける家来の一人であった。容姿からして、徒目付と思える。

「あのう……」

音乃は、道端でもって遠慮がちに声をかけた。

「おや、あなたは……」

相手も音乃の顔を見知っていた。偶然と思えたものがそうではない。徒目付の御用として、来ていたのである。

三十歳前後の、がっちりとした体軀の侍であった。

「たしかあなた様は、天野様の御徒目付役であられる……」

「左様でございます。拙者、井筒小五郎と申します」

天野のもとをよく訪ねてくる音乃に、小五郎の言葉は丁重であった。音乃の問いにも、ためらいなく答えてくれる。

「あなたが、井筒様でしたか」

「お目付から、話は聞いております」

音乃は『手下の徒目付に井筒小五郎という、目端が利く男がおるでな、その者に関わらせることにする。むろん、内密でだ』と言っていた、天野との話を思い出していた。

「やはり、この屋敷にやってきましたか」

「わたくしが、ここに来るのを知っておられましたので？」

「いや。ですが、やがては来るものと思ってました。それにしても、早い」

目付の天野はもう一方の作事奉行大平家を探らせるようなことを言っていたが、どうやら井筒は、別の観点から古谷吟衛門を探っていたようだ。

「あれ、もしや冬馬さんでは？」

小五郎は、冬馬のことを見知っていた。

「これは、ご無礼をいたしました」

井筒小五郎が、冬馬に向けて深く腰を折った。目付天野の甥御であることを、知っていてもおかしくはない。

「井筒様、何か、この家でございましたのでしょうか？」

問うたのは、冬馬であった。

「古谷吟衛門の警護役で、小日向定次郎《こびなたさだじろう》という家来が今朝方死体で見つかりまして」

「えっ！　今、なんと……」

　小日向定次郎という男に面識も何もないが、音乃が何よりも驚いたのは、今朝方死体で見つかったという、井筒の言葉であった。

「その小日向定次郎って、いくつくらいの方ですか？」

「三十歳を、いくらか超えたあたりですな」

　その齢に覚えがあるのは、音乃と彦四郎である。力也らしき者と一緒にいた者も、それに似通った齢に見えた。

「殺されたってことですか？」

「いや、なんとも……」

　もしも殺人だとして、犯行が昨夜なら、奇《く》しくも一夜のうちに殺しの事件が二件起きたことになる。二夜で、三件。思わぬ異常事態だ。それらが、力也の件と関わりあうのかどうかは分からぬも、音乃の体が愕然としてよろめく。膝が頽れようとするのを、音乃はようやくの思いで堪えた。うしろに立っている彦四郎と冬馬の震えも、尋常ではない。

「どうかなされましたか？」

　小五郎が、訝《いぶか》しそうに音乃に問うた。

「昨夜も、殺しがあったのです。日本橋の品川裏河岸というところで」

「なんですと⁉」

驚きだか問いだか分からぬ声が、小五郎から返った。「……そこからなら近いな」

と言った、小五郎の呟きが音乃の耳に入った。

「小日向ってお方は、なんで亡くなったのでございましょう？」

「どうやら足を踏み外して、濠《ほり》に落ちたようです」

「誰かに斬られたってことではないのですね？」

「いや、遺体を見たがそんな傷痕はなかった。もしや音乃さんは、その品川裏河岸での殺しと関わりがあるというのですか？」

「相当にあると思ってます。今しがた、井筒様はかなり近いと呟いてましたが、小日向というお方は、どちらで亡くなっていたのでございましょう？」

「それが、鍛冶橋《かじばし》御門の橋脚に引っかかっていたということです」

鍛冶橋御門は、外濠の呉服橋御門と数寄屋橋御門の中ほどにある。内濠は、馬場先《ばばさき》御門に通じている。

品川裏河岸に近い一石橋から、鍛冶橋御門までは七町ほどの隔たりがある。外濠に流れはほとんどない。近いとはいえ、七町の隔たりは二つの事件の重なりとしては微妙である。

「調べた南町の役人の話ですと、外傷はなく事故ということで処理したようです。たまたま検死の役人が、小日向の素性を知ってましてすぐに古谷家に報せが入ったとのことで。拙者はこれまで事故と思ってましたが、今の音乃さんの話を聞いて、そうではないかもしれないと。こいつは、大変なことになってきましたな」

七狼隊の一件が、とんでもない大事件へと発展していく。

すでに三人が殺された上に、小日向定次郎という古谷吟衛門の家来まで変死している。これらが、まったく無関係だとはもう言っていられない。

古谷の屋敷とは、少し離れたところの辻番所に四人は入った。立ち話もできないし、茶を飲みながらする話でもない。座って話ができるようにと、番所の一部屋を借りた。

「さっそくですが……」

音乃のほうから語り出す。七狼隊のことから、三件の殺人事件までを事細かく小五郎に語った。その語りに音乃は、四半刻ほどを要した。小五郎は、相槌を打ちながらも、話を遮ることなく聞いている。

「もしや、鍛冶橋御門で亡くなっていた小日向というお方が……」

「小松力也を殺したというのですか？」

これまで黙って話を聞いていた小五郎が、驚く形相で口を挟んだ。

「あくまでも、勘でございます。それを実証するものは、何もございません。ですが、もし力也さんを殺したのがその小日向定次郎という人でしたら、大和屋茂兵衛さんも呑清の清造さんもその方の仕業と」

「どうしたら、実証できるだろうか？」

井筒が首を捻って考えている。そのとき音乃は、冬馬が腰から外した大刀を見ていた。

「……お腰の物か」

「何か、おっしゃいましたか？」

音乃の呟きが小さく、小五郎が問うた。

「あのう、小日向という人の刀は今どちらに？」

「おそらく遺品として、遺体と一緒に戻っているはずです」

「井筒様、その刀を検証できませんでしょうか？」

「なるほど！」

音乃の言う意味を、さすがに徒目付はすぐにとらえていた。

「拙者が探ってきます。徒目付の権限は、こういうところで役に立ちますからな。すぐに戻ってきます」

小五郎が言って立ち上がると、速足で番屋から出ていった。

冬馬の問いが、音乃に向いた。

「なぜに、小日向という人の刀を？」

「あまり刀の手入れをなさらない冬馬さんでは、気づかないでしょうね」

目釘の弛みと刀身の錆を、音乃は皮肉って言った。

「どうも、すみません。刀はきちんと砥いでおきます」

「まあ、それはよいとしまして。井筒様がお調べに行ったのは、刀に血糊の痕跡があるかどうかです。もしあったとしたら、それは力也さんの血痕と思ってもよいと思われます」

「なるほど。さすが、音乃さんです。伯父上も、感心を示すわけです」

そんなことを話しているところに、小五郎が戻ってきた。顔を振るところを見ると、思惑とは違ったようだ。

「それで、いかがでございました？」

それでも、音乃は問うた。

「いや、血糊を拭き取った跡もなく、刃こぼれもしていないきれいな刀でした」

「そうなると、力也さん殺しの下手人ではないということ」

「しかし、さすがに作事奉行警護だけあって、刀の手入れはたいしたもの。それだけを見ても、かなりの手練と見受けられますな」

徒目付ともなれば、剣の腕は確かである。井筒小五郎の目利きには、真実味があった。

「だとすると、事故というのも変ですよね。それほどの手練が、足元を誤って濠に落ちたというのも考え難いのではないかと」

「外傷がないということは、誰かに突き落とされたとでも？」

「すると、ほかにもどなたかいたと……？」

音乃と小五郎の掛け合いであった。そこに、彦四郎が口を挟む。

「拙者たちが見たのは、多分力也と連れの侍でしたよね。井筒様の言う年恰好からして、おそらくそれが小日向定次郎」

彦四郎の決めつけたもの言いであったが、たとえ二人連れが力也と小日向定次郎であったとしても、刀の様子からいって定次郎は力也を殺した下手人ではない。

「だとしても、きちんとした証《あか》しが欲しいわね。あのときは暗い中だったし、遠目でもありましたから。やはり、これからそれも含めて、調べに行かなくては」

まだ、昼を過ぎたばかりである。

「井筒様は、おひまがございます？」

「もちろん。お目付から、この事件を探れと言われておりますから。それにしても、これほどの大事件、目付配下となって初めて関わりますぞ。ああ、腕が鳴る」

「下手人が判明しましたら、どうぞ井筒様のお手柄にしてください」

音乃には、武士を捕らえる権限はない。あと始末はみな、役人の手に委ねることになっている。

「それでは、音乃さんたちの努力が……」

「いいえ、よろしいのです。わたくしは、悪党たちを閻魔様のもとに送れればよろしいのですから」

「彦四郎さんと、冬馬さんは？」

「拙者も、世話になった清造さんと力也の仇が取れればそれで充分です。なあ、冬馬」

「ええ。拙者も、彦四郎さんの言うとおりです」

冬馬が、大きくうなずきながら返した。

「よし、これで決まり。これから、下手人捜しに向かいましょ」

これから、日本橋の現場を探りに行こうということになった。

第四章　冷や飯食いの士魂

一

品川裏河岸の、呑清の周囲は沢村配下の役人が探索に当たっている。

音乃は重要参考人として、手配が廻っていると長八が言っていた。今、そこに近づくと面倒なことになると、それが音乃の懸念であった。それを打ち消してくれたのが、井筒小五郎であった。

「沢村様配下の徒目付でしたら、拙者もよく知っておりますから、そこは大丈夫。お任せください」

「でも、彦四郎さんと冬馬さんは行かないほうがいいかも。力也さんの仲間ということで、評定所に連れていかれるかもしれません。そうなると、かなり厄介なことに

「……この事件は、どうしてもわたしたちの手で解決させなくてはならないから」

「でしたら、拙者らはどうしたらよろしいので？」

彦四郎が、自分らも役に立ちたいと乞うた。

「あなた方二人は、作事奉行の古谷様のお屋敷を見張っていてくれる？　どんな方が出入りするか。むろん、分からないように隠れて……これって、重要な任務よ」

「かしこまりました。それで、分かったことがあったらどうしますか？」

「そうねえ……」

分かれて探る場合、連絡の取りようが一番厄介であった。重要な報せでも、時がずれたら無駄になることが多い。そこは、知恵を絞る必要がある。

「冬馬さんは、わたしの家を知ってますよね」

「はい。昨夜行きましたから」

「でしたら、何か報せがあったら、そちらに届けておいてくださらない。それが早急の件でしたら、どうしようかしら？　現場には来てもらいたくはないし」

音乃が考えているところに、小五郎が手立てを口にする。

「もし役人に見咎められたら、こう言ってくだされ。お目付天野様ご配下の井筒小五郎氏《うじ》を見かけませんでしたかと。そう告げれば、評定所に連れていかれることはないでしょう。ただし、二人でなくどちらか一人で」

小五郎が、彦四郎と冬馬に手はずを授けた。音乃と小五郎の目的は、小日向定次郎がいかにして濠に落ちたかを探ることである。それと、ほかに誰がいたのか。その探索だけでも、半日ではきかないであろう。沢村配下も探索しているだろうし、こちらは内密での探りである。


小松力也の意趣返しという、目指す目標ができた。これからは、強い信念をもって、音乃たちは下手人《げしゅにん》捜しに乗り出すことになる。

昼は過ぎている。腹が減っては戦《いくさ》はできぬと、四人は木挽町の煮売り茶屋に入り、腹を満たしてから動くことにした。

動きながらでは語りづらいと、昼飯を摂る間に、音乃は小五郎に問いたいことが一つあった。

「余計なことを訊くようで恐縮ですが、井筒様は、なぜに古谷家におられたのでございましょう？　天野様は大平様の……」

言ったところで、音乃は彦四郎の顔を見た。すると、彦四郎が小さくうなずいている。実家のことは気にしないでいいといった思いが汲み取れる。

「それは、音乃さんたちと同じ理由だと思われますよ。作事奉行の大平様を探っていたら、もう一方の作事奉行古谷吟衛門様との、きな臭い関わりを感じましてな。目付の立場からそれで聞き取りに来たところ、こんなことになってまして。ですから、作事奉行様にはまだ何も聞いてなく……」

外に出てきたたと、小五郎は語る。

「小日向定次郎殿のご遺体は、もう古谷家に戻っておられますので？」

「ええ。事故という判断で、すぐに古谷様の屋敷に運ばれました。今は、屋敷の一部屋に安置されています。まあ、そんな状況なので、古谷様には日を改めて訪れたいと思ってました」

「なんですか、その機会が早まるような気がしてなりません」

「すると、音乃さんは……？」

「でも、これらの事件には大きな裏が絡んでもいるようで、その根っ子まで突き詰めるとなると、ちょっと手強いことになりそうです。お目付様もさることながら、大目付様までいきそうな気配がしています」

「そうなると、幕閣とか大名が絡むとでも？」

「たとえ作事奉行の大平様か古谷様のどちらかが案を考えたとしても、いくらなんでも、千代田城天守の再建というのは話が大きすぎやしませんか？」

「大きな黒幕が、ついてるということですか？」

「おっしゃるとおり、そう考えるのが妥当かもしれません。ですが、そこまで明かしたら幕府の屋台骨を揺らすことになるので、よほど覚悟をしてかかりませんと……もっともその前に、いつも相手は蜥蜴《とかげ》の尻尾を切って穴の中に隠れてしまいますけど」

一介の町方同心の後家であっても、目付の天野がたいした女だと感心した面持ちで敬う、そんな音乃の言葉を、井筒小五郎が首を傾げて訝《いぶか》しそうに聞いている。

「そこまで言える音乃さんて、いったい何者なんです？」

小五郎が問うも、音乃は顔に笑みを含ませ首を振る。

「そんなこと、お気になさらないでくださいましたら助かります。それに、そのうち分かりますわ」

音乃は、小五郎と同じように不思議そうな顔をしている、彦四郎と冬馬にも聞こえるように言った。

不承げな顔をしても、三人はそれ以上問うことはなかった。

食事を済ませ、四人が動き出す。彦四郎と冬馬は古谷家の様子を探りに、音乃と小五郎は日本橋品川町へと向かう。煮売り茶屋の前で、右と左に別れた。

日本橋を渡り左に曲がるとすぐに、目付沢村配下の役人らしき侍が音乃の目に入った。

「知らぬ振りをして、堂々としていればよろしいですよ」

小五郎が小声で言った。そして、二人が番屋の前を通りがかったところであった。

「あれ、あんたさん？」

運悪く、昨夜音乃を見かけたという番人が、たまたま外に出てきて音乃に声をかけた。

「あら、先だってはどうも……」

惚《とぼ》けた調子で、音乃は返した。

「あんた、昨夜《ゆんべ》呑清での殺しを見たんだろ？」

「いいえ、見てませんよ。誰がそんなことを言ったのです？」

「おかしいな。たしかに、呑清のほうから来たのを見たんだがな」

「どなたかと、お間違えになったのでは？」

「いや。こんな別嬪、あっしが見間違えるわけねえ」

「もし、わたしだとしたらどうなるのです？」

「お目付の役人が捜してるから、気をつけたほうがいい」

どうやら番人は、音乃の味方らしい。

「教えてくれて、どうもありがと。おじさんも、寒いからお風邪を引かないよう、お気をつけてくださいね」

番人に気を使い、音乃と小五郎はさらに品川裏河岸の奥深くまで入っていった。

「そこの女、ちと待たれよ」

背後から声がかかり音乃が振り向くと、たっつけ袴《ばかま》を穿《は》いた小人目付といわれる、徒目付の手下役人が二人立っている。

「このお方に、何か用かな？」

問うたのは、井筒小五郎であった。

「その女に用がある。少しばかり訊きたいことがあるので、同行願いたい」

「わたしは……」

「もし、昨夜の殺しの件でしたら、このお方はまったく関わりがありませんぞ」

語ろうとする音乃を手で制し、小五郎が役人の相手をする。

「おぬしはどなたであるかな？」

役人の胡乱《うろん》げな目が、小五郎に向いた。

「拙者は……」

小五郎が答えようとしたそこに、

「これは井筒氏《うじ》ではあるまいか？」

割って入ったのは、小五郎とは顔見知りの徒目付であった。

「おお、興津《おきつ》氏……ご無沙汰しておりますな」

「もしや、昨夜の殺しの件を探りに来たのであるか？　だとしたら、ここは拙者らの受け持ちですぞ。天野様ご配下の方が入り込むところではござらん」

興津と呼ばれた徒目付が、小五郎を見下すように言った。

「いや。拙者らは、探索の邪魔をするつもりはまったくない。それとはまったく別の件で、この近くに来たのだ。このお方は、天野様の姪御で……」

「そういえば、先だって日本橋の袂で……」

言われて音乃も、興津の顔を思い出した。婦女の背中をいやらしい手で触ったと、音乃が訴えた役人の一人であった。

「お目付の姪と言われていたが、天野様のお身内でしたか。これはご無礼をいたした」

「どういた……」

音乃の言葉を遮り、小五郎が問いを放つ。

「ところで、殺しの下手人というのは誰か目星がついておられるので？」

「いや、まったく。このお方が殺しの現場を見たのではないかと捜していたのだが、どうやらお人違いのようだ。となると、皆目分からん」

「左様でござるか。当方も探索を手伝ってさしあげたいが、いかんせん別の件で忙しいものでしてな。それに、お邪魔をしても申しわけない」

「そちらは、何を探っておるので？」

「いや。それは言えんでしょうよ、探索というのは内密でやることですからな。ですが一つだけ、そちらの件とはまったく関わりがないということは、申しておきます」

小五郎の言うことは、まったくの方便ではない。小日向定次郎のことを調べに来たのである。幸いにも、沢村配下は小日向の一件は知らないらしい。それと、音乃にも安堵する思いが一つあった。

――どうやら伊ノ吉さんは、役人たちの眼中にないらしい。

二人の目撃者さえ捜せないのに、どうして下手人が捕らえられよう。清造殺しも、まだ藪の中のようだ。目付大河原が受け持つ大和屋茂兵衛殺しも難航しているらしい。これら三つの事件が絡まっていることとさえ、知らぬものと思える。ならば、作事奉行大平という名が挙がるのは、まだまだずっと先のようだ。これで、下手人の評定所送りは、小五郎の手による公算が大きくなった。そこまで考えた音乃の顔は、わずかばかり弛んでいる。

二

沢村配下の者たちと別れ、音乃と小五郎は外濠の堤に立った。

小日向定次郎の遺体は、そこから南に七町ほど行った鍛冶橋御門の橋脚に引っかかっていたという。定次郎が濠に落ちたときは、ほかに誰かがいたのは確かだ。それが、力也殺しの下手人とみてよいのではないか。その者がつまりは、大和屋茂兵衛殺しと清造殺しに関わるものと。

音乃は、そんなことを考えながら幅広い外濠の川面を眺めていた。いつもなら濠は凪《な》ぎ、対面のお城の石垣が鏡面のように映っているのだが。この日は北風が吹き、波がたち水面は銀色に光っている。

「もしや、井筒様……」

小五郎は、一町ほど南の日本橋川に架かる一石橋あたりを見つめている。

「どうか、なされましたかな？」

音乃の呼びかけに、小五郎が振り向きざまに問うた。

「小日向定次郎は、この辺で濠に落ちたのではないかしら？」

「なんと？　鍛冶橋御門は、ずっとこの先ですぞ」

「この北風が、流していったものとも考えられます。この波でしたら、濠に流れはなくとも……ほら、木の枝が流れていくでしょ」

三尺ほどの木片を、北風で起き立つ波が南に運んでいく。音乃はその様を、指で差しながら言った。

「なるほど、そうも考えられますな」

小五郎が、うなずいたところであった。「あんたさん……」と、背後から聞き覚えのある声がかかり、音乃は振り向いた。

「伊ノ吉さん……」

目に入った顔に、音乃は驚くというより不思議な思いにとらわれた。いつも、肝心なところになると出てくる。そして、さらに音乃が首を傾げることがあった。小五郎と伊ノ吉が、無言で挨拶を交わしている。その様子は、まるで知り合いといったところだ。

「もしや……？」

「もう、音乃さんには語ってよろしいですな。実は手前、井筒親方の下につく、黒鍬《くろくわ》衆《しゅう》の一人でありまして」

黒鍬衆とは目付の配下に属し、町人や素浪人などに化け探索に当たる者たちである。伊ノ吉は、場所柄遊び人に扮していた。だが、いつの間にか、伊ノ吉の言葉は武士のものになっている。

「伊ノ吉には、作事奉行大平様を探らせていたのですよ。例の普請の一件で」

「そしたら、七狼隊の存在を知り、それを追ってましたら音乃さんと……」

伊ノ吉と初めて出会ったところは、音乃も鮮明に憶えている。あのときは音乃から声をかけたが、もしそうでなかったら伊ノ吉が音乃を誘ったのであろう。すでに、伊ノ吉は音乃の名を知っていたのだ。

「それにしても音乃さんの、七狼隊を手なずける手腕はたいしたものです。端《はな》のうちは疑っていたのでしょうが、それを味方につけるなんて」

伊ノ吉は、その経緯をよく知っていた。さすが、忍びを髣髴《ほうふつ》とさせる黒鍬衆である。

「そんなことはいいから、何か伊ノ吉はつかんだのか？」

「ええ。もしや、親方がここに立っているってことは、溺死体をご存じってことで

「ああ、そうだ。伊ノ吉は濠に落ちたのが、誰か知っているのか?」

「名は知りませんが、おそらく呑清での殺しに関わる者と。実は、あの一石橋の向こうで……どうかしましたか?」

音乃と小五郎の、引きつる驚愕の顔が伊ノ吉に向いている。

「その男は、小日向定次郎といってな、作事奉行古谷吟衛門様の家来だ」

「なんと!」

今度は、伊ノ吉が驚く番であった。

「昨夜音乃さんと……」

「小日向が見つかったのは……」

伊ノ吉と小五郎の、言葉が重なった。

「親方からどうぞ」

むしろ、伊ノ吉の話はゆっくり聞こうと、小五郎の話が先となった。

「小日向の遺骸はここから南に行った鍛冶橋御門の……」

小五郎の語りに、伊ノ吉が大きく首を傾げている。

「どうして、そんなところで?」

……?」

伊ノ吉がまたも不思議そうに首を傾げた。

「実は、音乃さんが解いた。ほれ、あそこに木の枝が流れてるだろう。きのうからきょうにかけ、木枯らしが吹き荒れてるからな」

「なるほど」

相槌を打つように、伊ノ吉は大きくうなずいた。

伊ノ吉の話は、これまでにない重要な意味をもってくる。

立ち話では寒いし落ち着かない。ゆっくり話を聞こうと、適当な場所を探す。あたりは、沢村配下の者たちがうろうろしている。勘繰られるのも面白くないと、三人は南に足を向け、一石橋を渡った。

「小日向という者が濠に落ちたのは……」

橋を渡りきったところで、伊ノ吉が濠を指差した。石垣で護岸がされた濠には、人が落ちた形跡は残っていない。何ごともなかったように、水面は眩しく波立っている。場所だけを確認をして、さらに進むとすぐに外濠を渡る呉服橋が架かっている。その先には北町奉行所があるので、音乃は周辺に詳しい。とくに、甘味処には目を瞑《つむ》っても行ける。甘味は、頭の回転をよくさせると言われている。音乃の頭は、大福を欲しがっていた。

「甘いものでよろしければ……」

「拙者も、甘いものには目がない」

「手前も……腹を空かしてまして、ちょうどよかった」

三人が同意し入ったのは、呉服町の甘味茶屋『お多福《たふく》』という店であった。だが、甘味茶屋の一番の欠点は、客がうるさいところである。女が三人寄れば、それは周囲に気遣いなく楽しそうだ。

「ちょっと、うるさいかもしれませんが、入れ込みもありますし……」

暖簾《のれん》を潜ったところで、音乃は四人連れの女が目に入った。甲高い笑い声が、轟いて聞こえる。

「かえっていいですよ。ああいうのは、他人の話を聞いてなんかいませんから。むしろ、声音を高くして語れます」

伊ノ吉は、気にしない風だ。

「ごめなさい……」

暖簾を潜ると同時に、音乃は茶屋の娘に声をかけた。四人連れとは、離れたところが空いている。幸いにも、客が少なく他人の耳を気にせずに語れそうだ。一段高い入れ込みの板間に、三人は三角となって座った。

「さっそく、伊ノ吉の話を聞こうか」

三人が腰を下ろしたと同時に、小五郎が促した。そして伊ノ吉の初っ端《しょっぱな》の言葉に、音乃と小五郎は飛び上がらんほどの驚きを示す。

「あの侍を濠に落としたのは、手前でして……」

「なんだと！」

「なんですって？」

驚く声が店中に響き渡り、四人連れの娘の、迷惑そうな顔が向いた。

「なんで、そんな大事なことを黙ってた？」

小五郎が、顔を真っ赤にして訊いた。手下の不祥事だったら、ここでおちおち大福を食べている場合ではない。

「落ち着いたところで、語ったほうがよろしいと思いまして。これには事情《わけ》が……」

むしろ、伊ノ吉の落ち着き方に、音乃は黒鍬衆の頼もしさを覚えた。

「聞こうじゃないか」

小五郎が伸ばした体を元に戻し、胡坐《あぐら》を組み直した。

「昨夜《ゆうべ》音乃さんと別れたあと、もしやと思って、濠端のほうに足を向けたのですが

「……」

伊ノ吉の、語り出しであった。

「すると、一石橋の近くで、二人連れの侍を見かけまして。普段なら、何も気にせずやり過ごすんですが、あの殺しの現場を見たとあってはそうも言ってられない」

そこは忍びの探索に慣れた、黒鍬衆である。不審に感じた伊ノ吉は、足音を忍ばせ追っていった。徐々に近づき、ようやく相手の声が拾えるところまで来た。

一人は二十前後の若侍で、もう一人は三十歳を越えたあたりの侍である。二人の会話からして、どこか大家の子息と、その家臣と取れた。

「その話し声が聞こえたときは、愕然としましたね。ところどころでしたが、『若……あの者……殺し……』と聞こえました。それだけでしたが、まずは力也殺しととらえられます。もっと話を拾おうと、手前は無理をしました。さらに一歩二歩と近づいたところで二人が急に止まったのです」

そこが、一石橋の手前であった。

いきなり若侍が抜刀し、斬りかかってきた。伊ノ吉が既《すんで》で刃を躱《かわ》すと、ちょうどそこにもう一人の侍がいた。

「体当たりする形となって、侍は濠へと。すると、若侍は家来を助けるでもなく暗い中を駆け出して……手前は追おうとしましたが、落ちた男を救わねばなりません。しかし、あの暗さで姿も見えず、どうにもなりませんでした」

「それが、小日向定次郎だったのですね」

「おそらく、そうでしょう」

「伊ノ吉のいう着姿からして、小日向に間違いないな」

小五郎が、断定をするように言った。

「となると、力也さんを斬ったのは、一緒にいたその若侍ということ？」

「作事奉行古谷吟衛門様の、倅ということになるな」

これほど早く、力也殺しの下手人に辿り着くとは思ってもいなかった。

「古谷家で、二十歳前後の倅といえば貞九郎《さだくろう》……あいつか」

小五郎が、得心する顔を見せた。

「となりますと、兆七郎の弟ということ」

「誰ですか、兆七郎とは？」

音乃の言葉に、小五郎が問うた。

「二年ほど前……」

どこで調べたか、伊ノ吉からそのときの経緯が語られる。音乃が彦四郎から聞いた話と、変わりがなかった。

「大平家と古谷家の、因縁ということか」

小五郎が、呟くように言った。

「それで、なぜに力也さんが殺されなくてはならなかったのでしょう？」

「おそらく力也の場合は、呑清で起きたことを見たのかもしれませんね。目付配下に連れていかれ、すぐに解き放された。そこに、何か意味が含むものと手前は思います」

音乃の問いに、伊ノ吉が答えた。

「その意味というのは、貞九郎に会って訊かないと分かりませんね。井筒様……」

「ここで、大福など食ってる場合ではないですな。すぐに、引き返しましょう」

伊ノ吉の言葉で、もう日本橋にいる必要はないと、三人は木挽町近くの古谷家へと向かった。

三

そのころ彦四郎と冬馬はもの陰に隠れ、古谷家の門前に目を凝らしていた。

「誰も来ませんね」

欠伸《あくび》を堪《こら》えて、冬馬が口にした。半刻ほど経つが、家来らしき侍が出入りするだけで、弔問らしき客は一人も来ない。

「なあ、冬馬……」

彦四郎が、またも半分口が開きかけた冬馬に語りかけた。

「俺たちも、力也のように殺されるのかなあ」

「何を言うのです、彦四郎さん」

これまで見たことも聞いたこともない、彦四郎の怯える様子に冬馬はうろたえた声音で返した。

「もしや彦四郎さんは、これらの殺しの下手人を知ってるのですか？」

「おおよそ、想像はついている」

「それって……？」

「冬馬には分からないだろうが、俺はそいつの恐ろしい裏の顔を知っている」

「そいつって、拙者の知ってる人ですか」

「いや、おそらく知らないだろう」

冬馬の問いに、彦四郎の答は止まった。顔が古谷家の門前に向いている。

「おい、冬馬。門前を見ろ」

するると、前後四人の陸尺《ろくしやく》で担ぐ黒塗りの乗り物が屋敷内に入っていくのが見えた。かなり大身《たいしん》と思えるが、警護侍はついていない。

彦四郎と冬馬は、玄関先が見渡せるところまで移動する。すると、乗り物から降りたのは、金糸銀糸で織られた煌びやかな羽織と袴で着飾った、初老の武士であった。

「ずいぶんと、眩しいお召し物ですね」

弔いで駆けつけるにはかなり派手な形《なり》だと、世間知らずの冬馬でも常識を疑うほどだ。

「ああ。うちの親父だって、あんなテカテカの衣装は着てないぞ。誰なんだ、あれは？　いや、だけどどっかで見たことがある……」

ブツブツと呟く彦四郎の声は、冬馬には届いていない。

「あそこで、ペコペコ頭を下げているのは？」

玄関先で出迎えているのは、古谷吟衛門である。

「普段は、親父みたいに威張っているだろうに、相手によっちゃ、ああやって米搗《こめつ》き飛蝗《ばった》みたいになるんだな」

金糸銀糸の武士は、吟衛門を従えるようにして玄関の中へと姿を消した。

「誰なんですかねえ、あのテカテカの衣装を着ているのは？」

「さあな……。だったら冬馬、ちょっと訊いてきてみろ」

「拙者が行くのですか？」

「二人で行ってもしょうがないだろ。忘れ物をしたと言って中に入り、乗り物の脇に立っている陸尺に訊いてみたらどうだ」

「なんて訊くんです？」

「このお乗り物は、どちらのお方のとか、訊きようはいくらでもあるだろう。そんなことは、自分で考えろよ」

渋る冬馬に、いらつく声音で彦四郎が言い放った。

「分かりました。それじゃ、行ってきます」

気乗りしない足取りで、冬馬が動き出す。その足が、酒でも呑んだかのように、左右に揺れている。

「おい、しっかりと歩けよ」

背後から、叱咤する彦四郎の声がかかった。

開かれた門から屋敷内に入ると、冬馬は、玄関に横づけされた乗り物の脇に立つ陸尺に声をかけた。

「あのう、すみません」

「何かな？」

中間《ちゅうげん》の半纏を着込んだ陸尺の一人が、冬馬に顔を向けた。闇雲に訊いても答えてくれないだろうと、冬馬は問いに工夫をこらした。

「拙者、この家の者です。ずいぶんとご立派なお乗り物が、この玄関に横づけされるのを初めて見ました。家来の弔問に、これほどお偉いお方がご焼香に駆けつけてくださるとは、痛み入ります。亡き家来も、さぞかし喜んでいることでしょう」

言って冬馬は、手の甲を目にあて、泣く振りをした。

「左様でござったか。ご愁傷なことで……」

「それで、いったいどちら様でございましょう？　こう問いますのも、これほどお偉いお客様に来ていただいたと、亡き家来に告げて上げたいと……嗚呼《ああ》、悲しい」

さらに涙声で、冬馬は訴えた。

「ほんとに、気の毒であるのう。それでは、教えてもよろしいかの？」

後棒の陸尺が、もう一人の相方に問うた。

「お忍びであるが、こちらのご子息ならばべつにかまわんであろう」

「左様であるな」

そんなやり取りがあって、陸尺の顔が冬馬に向いた。

「あのお方はな……」

「いや、ちょっと待て。やはり誰であろうが、言ってはならん。絶対に名は出すなとの固い仰せだ。おぬしはいいが、こっちまで咎めがあってはならんからな」

「分かり申した。というわけで、すまんが教えられんな」

申しわけなさそうな顔をして、陸尺が冬馬に詫びた。陸尺が駄目なら、テカテカ衣装の当人に訊くよりほかない。しかし、そいつはさらに無理があろうと、冬馬は引き返すことにした。屋敷内ではなく、門の外に出ていく冬馬を、訝しそうな表情で陸尺は見やっていた。

「どうだ、訊き出せたか？」

彦四郎の問いに、かくかくしかじかと冬馬は失態の言い訳を語った。

「狙いはよかったが、惜しかったな」

「こうなったら、乗り物のあとを尾《つ》けますか？」

「そこまですることはなかろうよ。だいいち、俺たちがなんでここを見張っているのか、冬馬は理由《わけ》が分かってるのか？」

「そういえば、なんのためでしょうかねえ？」

「よくよく考えれば、家来の弔問に誰が来ようがかまわんではないか。テカテカの衣装が来たからって、俺たちには関わりないだろ」

「それもそうです。音乃さんは、そんなことを知ったところでどうするんですかね？」

「さてな……でも、見張っててくれというのだから、いないといかんのだろう」

「そうですね」

なんのために古谷家を見張っているのか、その理由が分からぬまま彦四郎と冬馬は、その後もしばらく物陰に潜んでいた。

それから四半刻が経ち、昼八ツを報せる鐘が鳴る最中であった。

古谷家の邸内にいた乗り物が動き出し、外へと出てきた。それと同時に、彦四郎の顔に変化が生じた。

「思い出した、あのテカテカ衣装。ずっと以前、うちにも来たことがある。寺社《じしゃ》奉行の……なんていったかなあ」

顔は思い出したが、一年近くも前のことで、名までは失念している。

「やはり、あんなようなお忍びの乗り物に乗っていた」

「誰だか知りたくなりましたね。そうは思いませんか、彦四郎さん」

「冬馬もそう思うか？」

「でしたら、あの駕籠《かご》を尾けてみないですか？」

「だけど、寺社奉行となれば大名からの選任、かなり偉い身分だからな。ここは気をつけてかからんといかんぞ」

「ええ、分かってます。さあ、尾けましょう」

黒の乗り物を、十間ほどの間を空けて、彦四郎と冬馬が追った。

それからさしてときを違《たが》わず、音乃と小五郎、そして伊ノ吉の三人が古谷の屋敷の前に立った。

「あの二人、どこにいるのかしら？」

まず音乃は、彦四郎と冬馬を捜した。

「いないようですね。つまらないからと、家に帰ったのでは……」

「まさか、それはないでしょう」

小五郎の冗談とも思える言葉に、音乃は苦笑いを向けた。そして、すぐに真顔に戻す。

「もしや、誰かを尾けていったのかもしれません」

「ということは、誰かがこの屋敷を訪れたってことですか？」

問うたのは、伊ノ吉であった。細かい事情は分からぬも、音乃と小五郎の話だけで勘が働く男である。

「一人残っていればよかったのになあ」

「それを言っても無理でしょ、井筒様。わたしたちも、いつ戻るか分からないのに……そうだ、その報せが日本橋のほうに行くかも」

このときほど、音乃は思ったことはない。「……誰か、離れていてもすぐに連絡が取れる物を考えていただけないかしら」と——。

いかんせん、この世にそんな物はない。

「誰が来ていたかは、古谷吟衛門様に訊く以外にないですな」

音乃が思うところに、小五郎の言葉が重なった。

もとより、古谷家を訪れ、徒目付の立場から直に吟衛門を尋問するつもりであった。

音乃は、その証人として立ち会うつもりである。ここまでくれば、すべては古谷吟衛門に打ち明けてもらう以外にないと。

「もしかしたら、冬馬さんたちが戻ってくるかもしれん。伊ノ吉は、外で待っててくれ」

「かしこまりました」

伊ノ吉を外に待たせ、音乃と小五郎は古谷の屋敷の門を潜った。

四

玄関前に立つ中間風の男に、小五郎が声をかける。

「お取り込みのところ申しわけない。拙者目付配下の徒目付、井筒小五郎と申す。このたびの、小日向定次郎殿の件で、古谷吟衛門様に目通りしたい」

目付と聞けば無下《むげ》にはできぬ。かしこまりましたと、中間は駆け込むように屋敷へと入っていった。そして、すぐに戻ってくる。

「殿がお会いすると申しております」

「その前に、小日向定次郎殿の霊前に……」

中間の案内で、まずは定次郎の霊を弔い、そして小五郎と音乃は別部屋へと移った。

やがて、痩せぎすで神経質そうな、五十歳を過ぎたあたりの古谷吟衛門が部屋へと入ってきた。

「お目付の配下が何用で……小日向の件はすでに事故として片づいておるが」

目付には用がないと、蔑《さげす》む古谷の顔が小五郎に向いている。そして、その瘦せぎすの顔が音乃のほうに向き、少しにやけた表情となった。

「この者は……？」

音乃は畳に手をつき、吟衛門を敬っている。紹介の口上は小五郎に任せてある。

「このお方は音乃どのと申して、小日向様の死に関わるというより、お濠に落ちたときの状況を存じておるようでございまして」

「なんだと！　そうなると、小日向は事故で死んだのではないというのか？」

「そのようにお考えになって、よろしいかと」

「ならば、どうして？」

「音乃どの、そのときの状況を語っていただけないか」

小五郎が音乃に、出番を促した。

「かしこまりました。小日向定次郎様が、一石橋の近くで何者かに突き落とされたのをわたくしは見ておりました。わたくしの伯父《おじ》であります、北町奉行の榊原忠之を訪ねたあと、呉服橋御門の橋上からそのときの様子がよく見えました」

探りとあらば、相手によってはどんな虚言も吐く。だが、そんな打ち合わせは、小五郎との間にもしてはいない。小五郎が驚く顔で、音乃の横顔を見やっている。

「榊原様の姪御《めいご》か？」

吟衛門は小五郎よりも、さらに驚く顔を音乃に向けている。

「左様でございます」

音乃はまったく動ずることなく、平然として答える。

「だが、小日向の遺体は鍛冶橋で見つかったというぞ。一石橋からは、かなり離れているが」

「折りからの北風で、流されていったようです」

「それで、鍛冶橋御門の橋脚に引っかかっておったのですな」

小五郎が、音乃の虚言に言葉を合わせた。もう、この場は音乃に任せようと思っているようだ。

「古谷様には、音乃どのから話をしてくれますかな？」

「みな、お話をしてよろしいので？」

「ええ、かまいませんとも」

これ以降は、すでに打ち合わせ済みである。

「さて、どこからお話をいたしましょうか」

音乃は、少し間をおき、そしておもむろに切り出す。

「小日向定次郎様が濠に落ちたとき、もう一人の連れのお侍さまがおりました。二十を少し過ぎたあたりの若いお侍さまでした。お話が長くなりますが、よろしいですか？」

「ああ、かまわん」

音乃の断りに、痩せぎすの顔をさらに渋く歪ませて、吟衛門の返事があった。

「日本橋川に架かる一石橋を渡り、濠沿いを歩く小日向様とその若侍の後ろを歩く町人がおりました。若侍はいきなり振り向くとその町人に問答無用の様子でいきなり斬りつけたのです。すると町人は、咄嗟にその刀を躱《かわ》すとその弾みで体が小日向様にぶつかり、その拍子で濠に落ちたのです。その若いお侍が『こびなた、こびなた』といっとき名を呼んでいましたが、助けようともせずすぐにその場を立ち去ったのです。なんですか小日向様は濠に落ちる前、その若侍に『若……あの者……殺し……』と言っていたのを、あとからその町人に聞きました。おそらく、その言葉を町人に聞かれたと思い、若侍は、咄嗟に斬りつけたのでございましょう」

音乃の長い話に、だんだんと古谷吟衛門の顔が強張《こわば》りを見せてきた。その困惑した表情を見やりながら、音乃の語りがつづく。

「古谷様は、作事奉行とお聞きしました」

音乃の話は、別の方向に向いた。

「でしたら、もうお一人の作事奉行大平彦左衛門様をむろんご存じでございましょうね？」

「…………」

無言で、吟衛門がうなずく。

「それで、これからが本題ですので……」

コホンと一つ咳払いをして、音乃が一気に突き詰める。

「ごく最近、三件の人殺し事件がございまして。ええ、二件は日本橋近くの品川町で。もう一件は、大平様のお屋敷近くの浜町でございます。殺された方は、いずれも大平様に関わる人たちでございます。その事件と小日向様が、連れの若侍にかけた『若……あの者……殺し……』の言葉が関わりあるようにも。そうしましたら、二年ほど前にこちらのご子息である兆七郎様と大平様のご子息が諍《いさか》いの上、お二人とも命を失くされたと。その因縁が尾を引き……」

「何が言いたいのだ？　もうそのことは、喧嘩両成敗で片がついてみな忘れ去ったことだ。今さら、何が因縁が尾を引きだ。あんた、北町奉行の姪御と言ったな。いったい何を探っているのだ？」

「その殺された三人のうちのお二人は、わたくしのよく知るお方。ええ、お世話になったお方でございます。その方たちの命を奪った下手人を、この手で捕らえようと」

「そのようなことは、目付方に任せておけばいいではないか」

「ですから、拙者が一緒にまいっております」

吟衛門に、小五郎が返した。

「音乃どの、先をつづけてくだされ」

「亡くなった小日向様が、若というからには古谷様のご子息と思われます。すると、古谷様のお子で二十歳前後と申しますと、貞九郎様というお方がおられますわね」

「いや、貞九郎などという倅はおらん」

「虚言を申されますと、お目付様が直《じか》に動きますぞ」

小五郎が、片膝を立てて、責める口調であった。

「いや、ここには貞九郎などという者はいない」

「今、ここにはとおっしゃいましたね」

音乃が、吟衛門の言葉尻をとらえた。

「ならば、どちらにおられるのです？」

「しっ、知らん」

吟衛門の、首の振りが尋常ではない。明らかに何かを隠している素振りだ。

もう一押しと、音乃と小五郎がうなずきあった。

「それと、もう一つうかがいます。古谷様と大平様との間に、今何が起きているのでございましょう?」

「何も、起きてはおらん。馬鹿を申すのではない」

吟衛門の怒り口調が、音乃に返った。音乃は、動じることなくさらにつっ込む。

「ご子息が、三人もの人を殺しておいて、その父親が何も知らないとはいったいどういうことでございます?」

「貞九郎が殺したという証拠でもあるのか?」

「おや、その口ぶりでは貞九郎様のことをお認めなさるのでございますね?」

吟衛門のうな垂れた様子を見て、小五郎が口にする。

「音乃どの、もういい。ここからは上司天野様に、任せましょうぞ。おそらくこの件には、幕府の要人が絡むでしょうから、拙者らの手には負えなくなります」

「それはそうでございますね。何も語ってくれないとあったら、大目付の井上利泰様にも訴えを出さなくてはならなくなりますわ」

吟衛門を落とす、打ち合わせの済みの手段であった。

旗本を監視する目付と、大名家を監察する大目付の実名が出ては、作事奉行ごときでは観念せざるを得ない。

「ならば、すべてを話そう」

吟衛門の顔が上を向いた。口をしっかりと結んだその表情に、覚悟の様子がうかがえる。

「その前に、まずこれだけは言っておく。三件の殺しは、当家はまったく関わりのないことだ。それと、今は大平殿との間には何も確執はない」

「ならば、なぜにそれほど苦渋の表情を？」

「知ってはいても、話したくないことというのは誰にもあろう。だから、今からそれを語ろうというのだ」

音乃の問いに、吟衛門はためらいもなく言った。

「たしかに、貞九郎というのはわしの倅であった。だが、それは一年半前に、あるお方の養子となって今では縁が切れている。だが、貞九郎は小日向から剣術を習っていたこともあり、それで今でも懇意にしていたのであろう。先ほど話を聞くまで、その関わりは知らんかった。二年ほど前、兄の兆七郎が不慮の出来事で死んだというのは知っておるな。貞九郎は兄の兆七郎を誰よりも慕っており、そのことで大平家にかなり遺恨を覚えたようだ。貞九郎は、かなり短気であっての、目先のことしか見えず、何を仕出かすか分からんのだ。自分の倅をこう言ってはなんだが、すぐに人を痛めつける危ない男なのだ。他人《ひと》には黙っていようと思っていたが、これまでも……」

吟衛門の言葉が途絶えがちとなる。

「お人を殺したことがございますのね？」

「いや……」

肩を落とし首を振る、吟衛門の力ない返事であった。否定をするのも、本当のことが言えないからであろう。気持ちも分かるので、それ以上問うことはしない。それにしても、これまでいく人殺したか分からないが、そんな危ない男を野放しにしていたと思うとゾッと背筋が冷たくなる。

「それほどのお子を……」

「わしは育ててしまった。事が起きるたび、隠し匿ってきたが……さらに三人も……わしは早くから貞九郎を手放したかった。それが、こんなことになるなんて」

貞九郎が、三人を殺した下手人と考え、まずは間違いないようだ。これからは、その裏取りに走ることになる。

「それで貞九郎さんは、どちらの養子になられたのですか？」

「小普請奉行岡部忠相《おかべただすけ》様に、男児がおられなくてな。その岡部家とは、遠い姻戚であっての、一年半ほど前に、貞九郎を養子に差し出せとたっての要望であった。わしにもちろん異存はない。二つ返事で、貞九郎を養子に出した。だが、ここにきて貞九郎を返すと言ってきた。むろん、そんなことはできない。おそらく岡部様も、貞九郎の性格を見抜いたのであろう。あんな倅を育てた親が悪いと、因縁をつけてな。兆七郎の怨念であろう、貞九郎が……」

あとは言葉にならず、吟衛門はうな垂れるばかりとなった。その様子に、偽りはなかろうと、音乃と小五郎は小さくうなずき合った。

もう一つ、吟衛門に聞いておかなくてはならないことがあった。

「古谷様は、千代田城天守の再建の話というのをご存じですか？」

「ああ、知っているとも。大平殿が、絵に画《か》いたものだということもな」

「すると、その利権を奪うとかそんな争いに……」

「出鱈目《でたらめ》な話に、誰が乗ると申すのだ？　先ほど、大平殿との確執はないと言ったが、それは本当だ」

このたびの一連の事件は、千代田城天守の再建の大普請に関わる利権争いが動機ではないとの、吟衛門の言葉で音乃は得心する。

それを確認するために、音乃は問う。

「大和屋茂兵衛さんというお方を、ご存じで？」

「浜町で殺されたという男だな。だとすれば、わしよりも……そうだ、小普請奉行の岡部様とはかなり入魂《じっこん》であると聞いたな。神社仏閣の普請で、大和屋茂兵衛に宮大工や甍屋根《いらか》の職人の手廻しをさせていたということだ。大和屋から岡部様には、ずいぶんと賂《まいない》が流れていたという噂だ」

古谷吟衛門の次に、小普請奉行岡部忠相の名が浮かんできた。

音乃と小五郎の気持ちは、岡部忠相と、その養子貞九郎に向いた。

「本当のことを申すとな、先ほどまで貞九郎のことで岡部様がここに来ておった。岡部様も、それらの事件のことを知っていての、下手人は貞九郎だというのだ。岡部家に累がおよばぬよう、貞九郎に腹を召させると言ってきた。すでに、別の家から貞九郎に代わる養子が来ていると言う。むろん、当家にはもう関わりのない男だ。わしも貞九郎には業を煮やしていての、煮るも焼くも好きなようにしてくだされと言っておいた」

　ここまで聞けば、用事はない。

「ならば……」

「ご無礼します」

　吟衛門の話を聞いて、小五郎と音乃はその場を立ち上がった。

「そうだ、岡部様のお屋敷は……？」

「浜町河岸の、永久橋《えいきゆうばし》を渡ってすぐのところにあります」

　音乃の問いに答えたのは、小五郎である。目付配下となれば、幕府の重役につく者の屋敷はどこでも知っている。

「これから、乗り込むのか？」

　吟衛門の問いであった。

「はい。一気に片をつけてきます」

「これだけは、くれぐれも言っておく。貞九郎と古谷家は、まったくの他人であるからの」

「分かったから、心配するんじゃねえ！」

　音乃が、吟衛門に浴びせた怒号の啖呵《たんか》であった。

五

彦四郎と冬馬が追っている乗り物は、浜町のほうに向かって進んでいる。

すでに、半刻近く歩いている。八丁堀から霊巌島を通り、箱崎から北新川《きたしんかわ》の永久橋を渡って浜町に入るのが、一番の近道だ。

「拙者の家の近くだな」

界隈は、彦四郎がよく知るところだ。だが、乗り物は大平家とは逆の方向に向いた。浜町河岸とよばれるところで、大名家の上屋敷や中屋敷が建ち並ぶところだ。

「……やはり、そうか」

彦四郎の呟きであった。

「やはりって？」

冬馬に、その声が届く。

「あの屋敷に入るぞ……ほら、入っただろう」

彦四郎が指差すところは、正門が開いた旗本屋敷であった。小普請奉行の役高は二千石だが、岡部忠相は三千石の大身旗本である。忍びでもって役高二千石石取りの作事奉行の家を訪れての帰館であった。警護侍をつけず、黒塗りの乗り物での外出は彦四郎と冬馬にとっても怪訝に思えた。

「古谷の屋敷に行ったのは、弔問が目的ではないな」

「といいますと？」

大名、大身旗本の屋敷塀が、長々とつづく道である。正門から少し離れたところに立つ欅《けやき》の幹に身を隠しての、彦四郎と冬馬のひそひそ話である。

「俺はさっき、そいつの恐ろしい裏の顔を知っていると言っただろ」

「ええ。それが誰なのか、ずっと気になっていたのです。たしか、殺しの下手人は想像がついてるって。この家の人ですか？」

「冬馬に、こんな話をしたっけ？」

「どんな？」

「二年ほど前、古谷家の七番目の子で三男の兆七郎と、俺のすぐ上の兄者が喧嘩し……」

「いや、聞いてません」

「そうか。あれは音乃さんに話したのだった」

彦四郎が、そのときのことを冬馬に語った。

「そんなことがあったのですか。それは大変でしたね」

「喧嘩両成敗ってことで、その後の両家に遺恨はなかったが、古谷家に相当に危険な倅がいてな。九番目のということから、貞九郎って名だ。かなり感情の起伏が激しく、怒ると何を仕出かすか分からない奴と聞いている。もう、二十歳は越えているはずだ」

「その貞九郎が、なぜにこのお屋敷と関わりがあるのです？」

「はっきりと、思い出した。ここは、小普請奉行岡部様の屋敷だ」

彦四郎は、正門を見据えて言った。

「その貞九郎は、今はこの家の養子となっていると親父から聞いたことがある。これまでも、人を数人殺しているって噂だが、未だ捕らえられてはいない。おそらく誰かが揉み消しているのだろう。そうだ、親父はこんなことも言ってた」

一つ思い出すと、どんどん記憶が蘇《よみがえ》ってくるものだ。彦四郎の脳裏はまさに、そんな状態にあった。

「あまりに貞九郎の素行が悪いので、最近新たな養子を入れるってことだ」

「となると、貞九郎という人が……？」

冬馬の言葉を、彦四郎が継ぐ。

「あまりにも素行が悪いので、岡部様も貞九郎を見限ったのだろう。そんなんで、俺は大和屋茂兵衛、清造さん、そして力也までも殺したのは、この家の貞九郎ではないかと思っている。もう一人、古谷の家来ももしかしたらだ」

「でも、なんでそんなにたくさん人を殺さなくてはならないのですか？」

「それは、俺に聞かれても分からないよ。知りたければ、貞九郎から直《じか》に訊くんだな」

「そんな恐ろしいこと、絶対に訊けませんよ」

「だろうな。気の小さい冬馬じゃ無理だ」

「ならば、彦四郎さんはどうなんです？」

「俺か？　俺だったら……もちろん、力也の仇《かたき》を取ってやる」

「どうやって？」

「そうだなあ……」

考えたまま、彦四郎の言葉が出てこない。一刀のもとで斬り殺された状況を耳にすれば、迂闊には貞九郎に近づけない。バッサリと返り討ちに遭うのは、誰が考えても想像に難《かた》くないところである。

「これは、真正面から当たっても無理だな。ならば……」

「ならばどうされます？」

「今、考えているところだから、そんなに急《せ》かさないでくれ。だったら冬馬に、うまい策はあるのか？」

「彦四郎さんに浮かばないのに、拙者が策を出せるわけがないじゃないですか」

「それもそうだな」

二人とも良案が思い浮かばず、押し黙った。

しばらく、言葉を忘れたかのように黙ったが、彦四郎がおもむろに口にする。

「なあ、冬馬。俺たち冷や飯食いって、これまで親兄弟から一度も褒められたことがなかったよな。存在すらも忘れられたって、みんなして拗《す》ねてた」

「情けないものですよね」

「そんなんで、俺たちは親兄弟を見返してやろうと、七狼隊ってのを結成した。けど、所詮は鬱憤《うっぷん》晴らしの、馬鹿馬鹿しい事しかできなかった。どうせこの先、生きてたって陽の目を見ることはないだろう。そのうちどんどん齢《とし》を取ってしまう、つまらない人生だ」

「彦四郎さんは、何を言いたいのですか？」

いつもとは違う、何か思い詰めた言い方に冬馬は彦四郎の顔を見やった。すると、一点岡部家の正門に目を向けている。

「俺は、この世に生まれた以上、一度でもいいからでかい手柄を立ててみたい」

呟くような、彦四郎のもの言いであった。それだけに、内に秘めた思いは強そうである。

「それって、もしや……？」

「ああ。こんなところにいつまでもつっ立ってたって、屁の役にも立たないだろう。だったら俺はこの屋敷の中に入って、貞九郎が三人を殺した下手人だという、確たる証《あか》しをつかんでこようと思っている」

「ですが、いくらなんでも……」

「無理は承知の上だ。だから、冬馬はついて来なくていい。俺一人で行って、貞九郎の本当の正体を暴いてきてやる」

「だったら、拙者も行きます」

「そんな、目釘の弛んだ刀じゃ太刀打ちできない。ならば、冬馬。これから日本橋の品川裏河岸まで走ってくれ。そこに、音乃さんと井筒様がいるはずだ。下手人が分かったと、すぐに呼んできてくれ。俺はそれまでに、証しをつかんでおく」

これが今できる最良の方策だと、彦四郎は冬馬に説いた。

「だったら、お二人が来るまで待ったほうがいいのでは?」

「とんでもない。俺は今が、世間を見返す絶好の機会だと思っている。命を懸けるからこそ、他人《ひと》は認めてくれるってものだ。ぐずぐずはしてられない。それでは冬馬、行ってくるぞ。あとは、頼む」

「あっ、彦四郎さん、待って」

冬馬の制止も聞かず、彦四郎は欅の陰から身を晒《さら》すと、岡部家の門に向けて駆け出していった。

「……拙者だって」

冬馬の足は日本橋には向かわず、彦四郎のあとを追った。門前で立ち止まる彦四郎に、冬馬が追いつく。

「なんだ、来たのか?」

「拙者だって、手柄を立てたいです。目釘は直してますから……」

「そうか、俺たちは七狼隊だったな。だったら、力を合わせるとするか」

すでに正門は閉まるも、運よく門番はいない。

脇門が難なく開くと、二人は邸内に身を差し入れた。さすがに、三千石の旗本屋敷となると、屋敷の広さも建屋の大きさも桁違いである。邸内に入る早々、二人は行くべき方向を見失った。

「おい、冬馬。迷っている様子を見せちゃ駄目だ。ここは堂々と胸を張っていよう」

邸内では家来も多く行き交うが、堂々と胸を張る態度に、二人に目を向けるものはいない。だが、どこをどう歩いていけば貞九郎と会えるのか。ただ、闇雲に邸内を歩き回るだけだ。

「これではらちが明かないな。思い切って、誰かに訊こうか？」

「そうしたほうが、いいようですね」

だが、訊くにしても一工夫が必要だ。その対処は、考えていない。

「いいことを思いつきました。拙者にお任せください」

小声でもって、冬馬が言った。「ああ、冬馬に任せる」と、彦四郎が返す。なんだかんだ言っても、七狼隊の頭目は冬馬を頼っているようだ。

中門あたりを歩く、岡部家の家臣に二人は近づく。

「あのう……」

「なんだ、そなたたちは？」

「拙者ら、貞九郎様に会いに来たのですが、お屋敷の中に入れていただいたものの、迷ってしまいました。貞九郎様に会うには、どちらに行けばよろしいでしょうか？」

「若にか？　ならば案内してあげるが、どちらのお方か分からんではな」

こう訊かれるかと、冬馬は方便を用意している。

「拙者は、貞九郎様が養子に上がる前は弟でありまして、こちらは友人の……」

「名を申されよ」

「拙者は古谷冬馬。この友人は、彦四郎さんと申します」

危険な、偽称であった。

「古谷と申せば、若の旧姓であったな。分かったが、若のご機嫌がよければよいが……」

家臣の、一言の呟きが冬馬の耳に入った。

「ご機嫌がよければよいが……とは？」

「聞こえましたかな。弟御ならば、その意味は分からんですかの？」

冬馬の、迂闊であった。兄弟ならば、兄の性格は知っていてもおかしくはない。とくに貞九郎は、感情の起伏が激しくて、怒ると何を仕出かすか分からない奴と、彦四郎は言っていた。

「拙者は、あまり貞九郎兄者とは一緒にいたことはなく……。齢が離れた、拙者は十番目の子でして」

「それで、十番目の馬と名がついたのですな」

家臣の、勘違いはありがたかった。

「名づけのことは、そのように拙者も聞いております」

適当な相槌であったが、家臣の信用は得られたようだ。

「貞九郎様は、普段は温厚なのだが……」

一たび気に添わないことがあると、問答無用で人を殺《あや》めかねないほどの凶暴さを発揮するという。

「そんなことで、お会いしても気をつけなされ」

家臣からの助言に、冬馬と彦四郎もゴクリと生唾を呑むほど緊張する。「はい。機嫌を損ねないよう、気をつけます」とは言っても、貞九郎と会うのは殺人事件の真相を問うためである。機嫌を損ねるのは、必至であろう。しかし、想定する危機を乗り越えなければ、親兄弟や世間を見返すことはできない。

「それではこちらに……あっ」

案内しようと、先に歩く家臣の足が止まった。裏庭に通じる塀重門《へいじゆうもん》から、小袖に、軍羽織《いくさ》のような肩衣を纏《まと》った二十歳を越したと見られる男が一人、姿を現した。月代《さかやき》は剃らず髷《まげ》を結っていない総髪で、長い髪の毛を肩のあたりまで伸ばしている。一見、軍学者を彷彿《ほうふつ》とさせる。だが、その顔には陰が宿り性格は陰鬱そうだ。刀を腰に差していないので、外出をするのではなさそうだ。

「どなたで？」と、冬馬が思わず訊いたのが大間違いであった。

「兄者というのに、分からんのですか？」

「いえ、昔とはまったく違った……」

「おかしいな。ここに来たときから、あんな格好でありましたぞ」

言い繕えば言い繕うほど、虚言が明らかになってくる。家臣の、怪しげな目が冬馬と彦四郎に向いた。

「まあ、よろしい。拙者が若に掛け合って……」

動き出そうとする家来を止めなくてはならない。先に素性を語られたら、それこそ一巻の終わりである。

「ちょっとお待ちください。拙者遠目が利かず……よく見ましたら、やはりあれは兄者。いきなり会いにいって、驚かしてやろうと思います」

まだこのほうが、危険を回避できるだろうと、冬馬は咄嗟の繕いを言った。

「驚かされるのが、若は一番嫌いでしてな。機嫌を損ねますぞ」

「兄者なら大丈夫です。昔から、かくれんぼが好きでしたから。なので、我らに任せてください」

もう、真正面から突っ込んでいくより術《すべ》がない。冬馬と彦四郎は、覚悟の視線を交《か》わした。

六

「誰だ、おまえらは？」

貞九郎に、蛇のような冷たい目で睨まれ、冬馬と彦四郎は萎縮する。

「あっ、あの……」

冬馬の第一声が、咽喉《のど》に引っかかった。彦四郎となると、声すらも発せられない。蛇《へび》に睨まれた、蛙《かえる》のように怖気《おじけ》づいている。

「貞九郎様で……？」

ようやくの思いで、冬馬は問いを発した。

「そうだが、おまえらは誰かと俺が訊いてるんだ」

だんだんと、機嫌が斜めになってきている。だが、腰に刀を差していないのが、いく分冬馬の気持ちを楽にさせた。

「拙者、大工頭山内甲太夫の倅で、冬馬と申します」

冬馬が毅然となれば、兄貴分の彦四郎も気持ちが切り替わる。冬馬の斜めうしろにいたのを、一歩前に繰り出し横並びとなった。

「拙者、作事奉行大平彦左衛門の四男で彦四郎と申します」

冬馬につられたか、うっかりして、彦四郎はまともな素性を語った。

「なんだと？」

冬馬の素性では怪訝な面持ちであったが、彦四郎の素性を聞いて、貞九郎の表情が、瞬時に怒りを含むものへと変わった。冬馬は足を半歩引かせて、いざとなれば逃げようとの態勢を取った。

「大平だと……するとおまえは、光三郎の弟か？」

貞九郎の顔が強張り、こめかみに青筋が立っている。瞬《まばた》きもなく見据え、彦四郎を威圧する。腰に刀が差してあれば、問答無用の一閃が彦四郎を襲っていただろう。貞九郎の殺気に、彦四郎は震え上がった。

「それが、なぜにこんなところにのこのことやって来た？」

「貞九郎様に、尋ねたいことがございまして」

ここは男と肚を据えた彦四郎が、小声で言った。一度口を閉じたら、二度と言葉を発せなくなるだろうと、彦四郎は弾みをつけてつづける。

「このたびの事件は、貞九郎様の仕業《しわざ》と拙者らは睨んでおります」

「事件とはいったい……何を言ってるのだ？」

「お惚《とぼ》けなさいますな、この期《ご》におよんで。町人大和屋茂兵衛と清造、そして小松力也を一刀のもとで斬殺したのは貞九郎様でございましょうぞ」

彦四郎が、一気に言い放った。貞九郎の顔が、見る間に歪んでいる。唇を嚙みしめ、蛇のような目は真っ赤に充血している。頭に血が上ったか、色白の顔も赤く染まった。手が小刻みに震えているのが分かる。腰に刀が差していないのが、彦四郎と冬馬にとって幸いであった。間違いなく『無用！』と声が出て、袈裟《けさ》懸《が》けに断ち斬られていることだろう。だが、次に出た貞九郎の言葉は、意外なものであった。

「本当か、それは？」

貞九郎の形相の変化は怒りからくるものでなく、まったく別の意味が含まれていた。

「詳しく教えてくれんか？」

「えっ、ご存じなかったので？」

これはおかしいと、彦四郎と冬馬は小首を傾げて互いを見やった。

「貞九郎様は、古谷家のご家来で小日向定次郎という方をご存じですか？」

冬馬が、貞九郎の心内《こころうち》を量った。

「もちろん知っておる。俺の剣術の師だからな」

このときはもう、三人の話も落ち着きを見せている。

「その小日向というお方が、お亡くなりになられたのを……」

「なんだと！　どうして、死んだ？」

貞九郎の驚き方は、冬馬たちの憶測を覆《くつがえ》すものであった。

「本当に、ご存じないので？」

「嘘を言ってどうする」

彦四郎の問いに、貞九郎の真顔が返った。

あわよくば、大名となりたかった旗本がいた。

小普請奉行の下三奉行では飽き足らず、いつかは町奉行、勘定《かんじよう》奉行を経て寺社奉行に。さらに、役料を補う足高分を加えられ一万石となって、大名格に成り上がる図を、岡部忠相は描いていた。

名が同じことから、二千石にも満たない一介の旗本の子に生まれた、名町奉行大岡《おおおか》越前守《えちぜんのかみ》忠相《ただすけ》の出世にあやかろうとの目論見《もくろみ》であった。

その岡部が一つだけ誤算としたのは、嫡子がなく相続のために古谷家から養子にもらった貞九郎であった。文武の才があり、剣の腕はかなりのものがあると見込み、三顧の礼を踏んで養子にもらったものの、凶暴な性格は見抜けなかった。些細なことで家臣たちを完膚なきまで叩きのめしたりして、ほとほと手を焼いていたのが現状であった。「――あれほどまで残虐とは」と、岡部忠相にいわしめたことがある。貞九郎は跡取りではなく、むしろ岡部家にとっては目の上の瘤《こぶ》であった。そして、貞九郎に代わる新しい養子を用意していた。

これまで起きた三件の殺害事件の下手人像は、それが背景となっていた。

「俺は、すぐに頭に血が上り、人をぶっ懲《こ》らしめることはあるが、一刀のもとに斬ったことは一度もない。他人は、大袈裟なことを言ってるがな。それに、俺が怒るのは理由《わけ》があってのことだ。ただ理由《わけ》もなく、やたらと人を痛めつけたりはしないぞ」

言葉に嘘はなさそうだ。いつしか彦四郎も冬馬も、貞九郎を見直している。

「てっきりこれらの事件は、貞九郎様の仕業と……」

「いや、俺ではないし、まったく知らんことだ」

貞九郎が答えたと同時に、中庭を隔てる塀重門が開いた。そこから、二十人ほどの家来衆が流れ出てきた。

「冬馬、まずい……」

「おい、おまえら、早くここから失せろ」

彦四郎の言葉を遮り、貞九郎が二人の腹を押した。だが、すでに周囲は家来たちで囲まれている。

貞九郎が、包囲から抜け出ることはなかった。

「なんで、俺まで取り囲んでいる?」

「殿のご命令であります」

「なんだと!」

彦四郎と冬馬の捕縛でなく、包囲の手は、貞九郎に向けてであった。

「おとなしく、こちらに……」

彦四郎と冬馬も、不審な者とのことで捕らえられる。三人は囲まれたまま、中庭へと引き立てられた。

「なんだか、おかしな雲行きになってきましたね?」

冬馬が小声で彦四郎に問うも「黙って歩け!」と、背中を突かれる。そして、泉水のある中庭まで来ると、地面に三人並んで座らせられた。背後では、数人が抜刀していて身動きが取れない。やがて、庭に面した御殿の障子が開き、榑縁《くれえん》に金糸銀糸の羽織袴で身を纏った岡部忠相が出てきて、三人を見下ろす。その隣に、貞九郎とほぼ齢を同じくする、二十歳を少し越えた若侍が立っている。

「父上、なぜに拙者を……？」

貞九郎が、顔を上に向け岡部を凝視しながら問う。

「おまえのこのたびの悪事には、ほとほとわしも呆れ返った。そのため、おまえの代わりにすでに嫡男を見つけてある。それが、この者だ」

岡部忠相の脇に立つ若侍が、ほくそ笑む顔をして貞九郎を見下している。しかし、岡部の目は、貞九郎に向いていない。

「誰なんだ、この二人は？　わしが捕らえてこいと言ったのは、貞九郎だけだぞ」

「なんですって！」

驚いた声を発したのは、貞九郎である。

「余計な者まで捕らえてきおって。いったい、誰……」

「貞九郎様を訪ねてきた者たちです」

答えたのは、中門あたりで話しかけた、件《くだん》の家臣であった。

「何用で来たのだ？」

忠相の問いが、彦四郎に向いた。何と答えたらよいか、彦四郎は答を出せず黙っている。答によっては、即刻首が飛ぶかもしれない。

「なぜに、答えぬのだ？　殿の仰せだぞ」

「余計なことを申すでない、石塚《いしづか》。わしが訊いておるのだ」

「はっ」

石塚と呼ばれた家臣が畏《かしこ》まった。このやり取りの間に、彦四郎が冬馬に小声で問う。

「覚悟はできてるか？」

「もとより……」

冬馬の答で、彦四郎の気持ちは決まったといってよい。

「されば、お殿様に申し上げます」

彦四郎の顔が、高殿に立つ岡部忠相に向いた。場合によっては手討ちにいたすと、そんな殺気のある目で忠相が見下ろしている。

丹田《たんでん》に力を入れ、彦四郎が語り出す。

「拙者、作事奉行大平彦左衛門の四男で彦四郎と申しまする。こちらの者は、配下大工頭……なんだっけ？」

「やまうちです」

彦四郎の失念に、冬馬が小声で答えた。

「大工頭山内の三男、冬馬であります。ごく最近に三件……いや、四件の殺しの事件がたてつづけに起こりました。三件の被害者は、当大平家に所縁《ゆかり》のある方たちでございます。一人は大平家を訪れた商人で、一人は町人となった元家来、そしてもう一人は拙者たちの友であり瓦奉行の倅小松力也という者です。もう一人のお方は、お殿様もご存じでございましょう。先刻、作事奉行古谷様のお屋敷にうかがわれたでございましょうから」

「知っておったのか？」

「はい。黒塗りの乗り物を尾《つ》けさせてもらいました。すると、思い出しました。ご当家のご嫡男は、古谷様から養子に来られた貞九郎様と。いろいろな観点から、四件の殺しの下手人はその貞九郎様と当たりをつけ、それを確かめにお屋敷に入らせていただいたのです。そうしましたら、このような有り様に……」

「その話が本当ならば、ずいぶんと気概のある者たちであるな。作事奉行の冷や飯食いにしておくのは、惜しい者たちだ。たしかに、わしも貞九郎の愚行には手を焼いていてな、それらの事件のことはわしも知っておる。それと、下手人は貞九郎ということもな」

血の繋がりはないといえ、平気でわが子に罪を被せる、淡々とした、岡部忠相の口調であった。

「父上、何をおっしゃいまする。拙者は、人殺しなど天地神命に誓ってやってはおりませんぞ」

貞九郎は体を揺さぶり、大声で異を唱えた。

「貞九郎、何を言っても無駄だ。恨むなら、おぬしの残虐な性格を悔いよ。罪を償わせるため、この場でおぬしに腹を召させようと捕らえたが、余計な者まで捕まえてしまった。こうなったら仕方がない。この二人を外に出したら、何をしゃべるか分からん。三人共、あの世へと送ってやる」

榑縁から見下す岡部の目こそ、蛇のように陰湿に冬馬には見えた。

「分かっていただけぬならば、拙者は潔《いさぎよ》く腹を切りましょう。だが、この二人はまったく関わりがございません。一人は作事奉行、もう一人は大工頭の子息。いくら出来損ないの冷や飯食いであっても、殺しては親たちが黙っておりませんぞ」

貞九郎の反論は、引っかかるところがあるものの、彦四郎と冬馬にはありがたかった。それが弾みとなったか、冬馬の顔が上を見据えた。

「拙者には分かりました。この殿様が三人……いや、四人を殺した下手人だって」

冬馬が、岡部に食ってかかった。

「何を言うんだ、冬馬」

彦四郎が、必死になって冬馬の口を止める。だが、さらに冬馬は岡部の怒りを増大させる。

「だって彦四郎さん、この殿様ほど卑怯な人はいませんよ。貞九郎さんに罪を被せて、養子の縁を切ろうと算段したのですから。目の上の瘤を取り除こうとしたのが、生憎《あいにく》と、とんだ墓穴《ぼけつ》を掘りましたね」

「何を根拠に、戯《たわ》けたことを言う？」

怒りが頂点に達したか、岡部の目が真っ赤に血走り、今にもそこから血が噴出しそうである。

「ならば、申し上げます。残虐な性格なのは、貞九郎さんではなくお殿様ってことです。だってそうでしょ。貞九郎さんに罪を償わせ切腹させるつもりなら、むしろ彦四郎さんと拙者を生き証人とさせて解き放つはずです。立派に切腹なされましたと、拙者らが言えば、ご当家はなんのお咎めもなく存続できます。ですが、逆に拙者らの口を封じようとしているということは、自分たちの仕業を隠そうとしているとしか、まったくもって言いようがございません」

冬馬の長い語りに、彦四郎が得心したか大きくうなずき、そして言葉を添える。

「そこまで言えば、俺にも分かったぞ。死体のそばに書かれてあった『七』という文字は、七狼隊ではなくて兆七郎さんの『七』だ。貞九郎さんは今でも大平家には恨みをもっているのでは。そんな貞九郎さんの短慮を利用して、陥れようとの肚。そんなことかな、冬馬?」

「多分……。まだまだ分らないことがあるけど。だいたい、そんなところでしょ」

彦四郎と冬馬のやり取りにも、岡部の判断が覆ることはない。

「川村《かわむら》。この者たちを、ただちに斬り捨てい！」

岡部の大号令に、かしこまりましたと言って出てきたのは、平袴を高股に取り襷《たすき》がけをした家臣であった。貞九郎の介錯《かいしゃく》をしようと、待ちかまえていたようだ。すでに抜刀をして、地べたに正座をする三人の前に立った。

「彦四郎に冬馬。実際に手を下したのは、おそらくこいつだぞ。岡部家きっての手練だ」

貞九郎の言葉は、彦四郎と冬馬に伝わった。

「若。拙者はまったくもって、存ぜぬことです」

八双に構えながら口にし、川村が小さく首を振った。

「何をしている、川村。誰でもいいから、片っ端から早く始末しろ」

「はっ。まずはこの者から……」

冬馬の正面に川村は立った。そして上段に構え直すと、刀を振り下ろす呼吸を整えている。

三つも数えたら、川村の刀は振り下ろされる。冬馬の頭は割られ、その返す刀で、彦四郎は腹部を抉《えぐ》られ命を落とす。そして最後に、貞九郎の首が刎《は》ねられる。

――間合いは、三呼吸。その間に、なんとかこの危機を抜け出さねば。

貞九郎も手練だけに、その呼吸が分かろうというものだ。どうしたらよいかと、貞九郎の額から汗が滴《したた》り落ちた。

顔面を真っ赤にして、川村の殺気が頂点に達する。「無用！」と声が発せられれば、一刀で冬馬は絶命する。それだけ剣に、鬼気迫るものがあった。

七

「無用！」

声音が、邸内に響き渡ると同時であった。

塀重門のほうから飛んできた玉簪《たまかんざし》が、川村の右腕の手首を刺した。その一瞬、振り下ろされようとした刀の勢いが弛んだ。貞九郎はその隙を見逃がさず、体を倒して転がると、半歩前に差し出した川村の脛《すね》をつかみ、引き倒した。ドスンと音を立て、川村が尻餅をつく。

倒れた川村から、刀を奪ったのは冬馬であった。

「それを、拙者に」

冬馬の手から貞九郎に、川村の刀が渡される。貞九郎は寝転びながら、身近にいた家来三人の脚を狙った。

骨まで断ち斬れるほどに、研ぎ澄まされた刀である。すでに家来の三人、地べたにうずくまり立つことができずにいる。

「よく斬れる刀だが、骨までは断っていないので安心しろ。時が経てば、傷も癒えてくる」

貞九郎が、立ち上がりながら言った。

「危なかったわね、お二人とも」

彦四郎と冬馬が振り向くと、そこに音乃が立っている。

「……音乃さん」

音乃がなぜにここにと、彦四郎と冬馬が不思議そうな顔をしている。それには答えることなく、音乃は岡部に向いている。そして、第一声を放つ。

「岡部忠相様、とんだ勘違いをなされておられますわね」

「誰だ、おまえは？」

岡部のいきり立つ問いが、音乃に向いた。

「貞九郎様を捕らえに参りましたが、どうやらこちらが間違えていたよう」

「ええ、音乃さん。本当に悪いのは、この岡部って殿です」

「そのようですね。話は門のところで、ほとんど聞かせていただきました。冬馬さん、ご立派でしたよ。もう、ご安心なさい。間もなく、お目付様のご家臣たちが来られましょう」

音乃の返しは、岡部の怒りをさらに増幅させた。

「何をしている、この者たちを斬り捨てい！」

岡部の怒号が邸内に轟き渡ると、さらに十人ほどが駆けつけてきた。六十人ほどいる家来のおよそ半数、都合三十人ほどの家来衆全員が抜刀して四人を取り囲む。

刀を持つのは、音乃と貞九郎だけである。冬馬と彦四郎の刀は、すでに取り上げられて、地べたに捨てられていた。

音乃は、まったく臆することなく、三十人を相手にしようとする。

「仕留められるものなら、かかっておいでなさいな」

逆に、三十人が音乃と貞九郎の威圧に臆している。

「おや、だらしない。そんなに大勢いて、一人も打ちかかってこられないとは」

挑発するも、鋒《きっさき》を前に向けるだけで、腰が引けている。長い太平の世がつづいたせいか、武士《もののふ》と呼べる者は家来の中に誰もいないようだ。唯一、手練の川村は、手首を簪で刺され負傷している。

「早く、こやつらを斬り……」

岡部の号令が飛ぶ最中、目付天野の配下たちが二十人ほど、突棒《つくぼう》、刺股《さすまた》などの得物をもってぞろぞろと入ってきた。小五郎の言いつけで、伊ノ吉が手配してきた者たちであった。

「お待ちくだされ、岡部様」

　先頭に立つのは井筒小五郎で、その脇には町人に成りすました伊ノ吉もいる。力也殺しの下手人を明かせられる、ここでは唯一の証人である。

　伊ノ吉の視線が、岡部の脇に立つ若侍を射抜いている。

「あっ、あの男です。一石橋にいたのは」

「なんだと！」

　驚愕の声を発したのは、岡部忠相であった。

「百之助《もものすけ》、おまえの仕業だったのか？」

「…………」

　百之助と呼ばれた若侍はうな垂れ、言葉も発せられずにいる。貞九郎に代わりに、養子になる男であった。

「間違いなく、あの百之助という男か？」

　井筒が、伊ノ吉に問うた。

「ええ。絶対に間違いございません。それと、そこにいる貞九郎様でないことは確かです。あんな総髪の人は見たこともありません」

　百之助と呼ばれた男が、貞九郎に代わり養子になる手はずであった。

「岡部様。そこにおります百之助とやらを目付天野様のもとに連れてまいりますが、よろしいですかな?」

「ああ……」

肩を落とし、力のない声音で岡部が返した。なんの抵抗もなく、百之助は捕らえられる。

「岡部様には、のちほどお呼び出しがあるかと」

「いつでもまいる。それにしても……」

岡部忠相が、頭を抱えている。その様子から、自らの人を見る目のなさを悔いているようにも見えた。

井筒小五郎に指図され、目付配下に捕縛された百之助が、中庭から連れ出される。

その光景を、岡部が呆然とした表情で見やっている。やがて、気持ちの整理できたか、顔が階下にいる貞九郎に向いている。

「そんなところで何をしている貞九郎、上に上がって来んのか?」

貞九郎への疑いは、晴れたようだ。すでに家来たちはその場から去っている。庭に立っているのは、音乃と冬馬、そして彦四郎だけとなった。

「ごめんなさいね、遅くなって」

音乃が謝ったのは、冬馬と彦四郎に向けてのものである。

「いや、音乃さんが来てくれるものと信じてました。でも、本当に間一髪《かんいっぱつ》でした」

冬馬の、ほっと安堵する声に音乃は大きくうなずく。そして、

「お二人の勇気には感心しました。だけど、もう七狼隊みたいなものは結成しないでくださいね」

姉のように、音乃は冬馬と彦四郎を諭した。

「これは、誰の刀かしら？　地べたに捨ててあったけど」

音乃が、抜き身を翳しながら訊いた。「拙者のです」と、冬馬がすかさず答えた。

「ガタガタしない。目釘もちゃんと、止まってるわ。でも、やはり刀が錆びついている」

言いながら音乃は刀を鞘に戻し、冬馬の手に渡した。

それから二日後――。

音乃と彦四郎と冬馬の三人は、小松力也の弔問に行った帰りに平松町の甘味茶屋で一休みすることにした。音乃はそこで、事件の決着を二人に伝えた。

あれから百之助の身柄は、天野のもとから評定所へと送られての詮議となった。

三千石の小普請奉行、大身旗本岡部忠相の養子になるには、貞九郎を亡き者にするしかない。百之助が企てた真相を、昨夕天野に呼ばれ、音乃は聞き出していた。

「――あまりにも粗暴な貞九郎に見切りをつけ、岡部様は代わりとなる嫡男を用意していたのだな」

それが、無役衆を束ねる小普請組支配下にある、千石取り旗本宍戸大善《ししどだいぜん》の三男百之助であった。小普請奉行と小普請組では、まったく役職が異なるが、やはり遠い縁戚にあった。

小普請組の支配下におかれる無役の旗本の冷や飯食いから、末は大名を目指そうとする小普請奉行の跡取りとなるのは、天と地ほど、提灯《ちょうちん》と釣鐘《つりがね》ほどに地位の開きがある。百之助の親の宍戸大善にしても、その恩恵は計り知れないものとなる。

貞九郎の代わりとなる嫡男ということで、岡部から打診があったのは、およそ一月ほど前。しかし、ただ粗暴だということだけでは、簡単には縁が切れない。ここに宍戸大善と三男百之助の画策があった。

貞九郎を直接殺せば、その疑いが自らのほうにかかってくる。最良の方策は、貞九郎に腹を切らせることだ。切腹に至らしめられるほどの、失態をさせればよい。そこで、貞九郎のことを調べ上げ、一計を案じたのが一連の事件であった。貞九郎を下手人にするとしても、岡部家に咎《とが》が生じてはまずい。そこで目をつけたのが、古谷家と大平家の確執の噂である。とりわけ古谷兆七郎の事件で、貞九郎は大平家に遺恨をもっているらしい。大平家に関わりのある者を調べた結果、まずは大和屋茂兵衛をやり玉としてあげた。作事奉行大平家出入りの職人手配師であった。

「殺す相手は、誰でもよかったのだ」

苦渋を込めて、天野が言った。

人を斬り捨て、その場に『七』という文字を書き付けるのが目的であった。七狼隊ではなく、兆七郎の『七』を意味させるためだ。貞九郎の怨念と証拠を残す算段であった。呑清の主、清造殺しも然りである。これらを貞九郎の仕業と、岡部忠相に訴え腹を切らせれば、宍戸親子の目的は達せられる。現実に、その既《すんで》であった。冬馬と彦四郎の邪魔がなければ、貞九郎はもうこの世にはいなかったはずだ。

宍戸親子が誤算だったのは、七狼隊の存在を知らなかったことだ。そこからの、別の探索がなければ、百之助は見事に岡部家の嫡男に納まっていただろう。

「人の欲望は際限がない。そんなことのために、罪もない二人の町人の命を奪ったのだな」

天野の言葉を、音乃はぐっと息を呑んで聞いている。

「それと、もう一つの誤算は、小松力也が沢村殿の配下に連れていかれたことだ」

天野が、力也殺しの真相を語る。

目付沢村から力也が解き放たれたのは、小日向定次郎が無実の証明をしたからであった。

「貞九郎の仕業と、させなくてはならなかったからな」

「なぜに、古谷家ご家来の小日向定次郎様が、宍戸親子と関わり合ってくるのでしょうか？」

これが知れれば、この事件から身を引ける。音乃の、最後の問いであった。

「百之助は以前、小日向から剣術を教わっていたことがあってな、貞九郎とは共通の知り合いであった。そこで、百之助は小日向にもちかけた。力也を殺さないと、貞九郎が目付に捕まってしまうとな、古谷の屋敷に出向いて小日向に告げたのだ。つまり、力也を、貞九郎による清造殺しの目撃人とさせたのだ。全部、嘘よ。そうでないと、岡部家まで潰れることになる」

力也が放免となり、目付の屋敷から出てきたところを、小日向が声をかけた。

それが、あの日の夕刻であった。

「呑清の主清造を殺した下手人を知っているということで、小日向定次郎が力也に近づいた。力也の無実を晴らしたのは自分だといえば、力也は小日向を神仏にも思えただろう。清造の仇をとるために、今から呑清に行って、真の下手人を見つけないかと力也を誘った。よく聞けばおかしな話と気づくはずだが、助けてくれた小日向から言われれば、力也もいやとは言えまい」

小日向と力也のやり取りを証言できるものは誰もいないが、百之助の白状から容易に想像できるところだ。

「彦四郎さんとわたしは、そこを見たのですね」

十軒店町の大通りで、二人を見かけたのを音乃は思い出した。

「罠とは知らず、力也はのこのことついて行ったのだな」

天野の言葉に、音乃はガックリと肩を落とした。

「あのとき追いついていれば……」

残念無念と、音乃は嘆く。途中で見失ったのが、悔やまれてならなかった。疑いがあれば、とことん追求するのが定町廻り同心の心得と教えられているのにそれができない。

——まだまだ駄目ね。

心の内で、音乃は自分を責めた。

音乃の気持ちを察することなく、天野の言葉がつづく。

「呑清の中で待っていたのが、宍戸大善と百之助であった。つまり、店の中には二人待っていたのだ。力也を斬り捨てたのは、大善だということだ」

「えっ？」

音乃にとって、意外な話であった。

「なぜなら、百之助では、一刀で人を斬るほどの腕はないのだ。力也を斬り、外に出た三人は、二手に別れた」

これで、百之助と小日向定次郎が、一石橋近くに一緒にいたことが分かる。

「伊ノ吉の手柄であったな」

天野の顔が、弛みをもった。

「すると、大和屋茂兵衛さんと清造さんは……？」

「百之助の親である、宍戸大善の仕業だ。行く末は、大名の親になるということで、目が眩《くら》んだのだな。ついでにいえば、茂兵衛殺しのときの目撃侍、あれは宍戸大善が自分で殺しておいて、後でわざと知らせたそうだ。ふざけた奴だ」

天野の憤りが一つ加わる。

「なぜに小日向定次郎が動いたのか、まだ分かりませんが？」

「三十両という金が、小日向に渡されたらしい」

「お金でですか？」

「それと、小日向は貞九郎に少なからず、恨みを抱いていたのだ。これは古谷吟衛門から聞いた話なのだが、いつしか貞九郎の剣の腕はとっくに小日向を追い越していた。そしてある日『――そんなことで、親父の警護ができるのか！』と怒り心頭に発した貞九郎は、しばらく足腰が立たぬほど、小日向を木剣で打ちのめしたことがあったという。それも、家来たちの面前で。面目を失った小日向の遺恨と、貞九郎の凶暴さが周囲に根付いた出来事でもあった」

貞九郎に罪を被せて、岡部家の跡目を継ごうと画策した宍戸大善と倅百之助には、即刻切腹の沙汰が下され、家は断絶となった。

岡部家は、危ういところで難を免れる。岡部忠相が幸いだったのは、まだ百之助とは養子縁組をしていなかったことだ。宍戸大善親子の単独犯行とされ、事件は解決をみた。

「それにしても、目付の沢村殿と大河原殿が驚いておったぞ。なんせ、両者が捜していた下手人をこちらが暴いたのだからの。大河原殿にいたっては、両国橋の向こう側を探索していたようだ。沢村殿のほうは、七狼隊の存在には、まったく気づいてなかった」

天野の語りを、冬馬と彦四郎に伝え終えたとき、昼八ツを伝える鐘の音が聞こえてきた。

「家に戻って、お義父さまの看病をしなくては」

ようやく義父丈一郎の面倒がみられると、音乃は霊巌島までの家路を急いだ。

時代小説

二見時代小説文庫

青二才《あおにさい》の意地《いじ》　北町影同心《きたまちかげどうしん》 10

著者　沖田正午《おきだしょうご》

発行所　株式会社 二見書房
東京都千代田区神田三崎町二-一八-一一
電話　〇三-三五一五-二三一一［営業］
〇三-三五一五-二三一三［編集］
振替　〇〇一七〇-四-二六三九

印刷　株式会社 堀内印刷所
製本　株式会社 村上製本所

落丁・乱丁本はお取り替えいたします。
定価は、カバーに表示してあります。

 ISBN978-4-576-18206-3
https://www.futami.co.jp/

牧 秀彦

評定所留役 秘録 シリーズ

以下続刊

①評定所留役 秘録 父鷹子鷹

評定所は三奉行（町・勘定・寺社）がそれぞれ独自に裁断しえない案件を老中、大目付、目付と合議する幕府の最高裁判所。留役がその実務処理をした。結城新之助は鷹と謳われた父の後を継ぎ、留役となった。ある日、新之助に「貰い子殺し」に関する調べが下された。探っていくと五千石の大身旗本の影が浮かんできた。父、弟小次郎との父子鷹の探索が始まって……。